NARRATORI DELLA FENICE

In copertina: fotografia © plainpicture / Böhm Monika
Grafica: *the*World*of*DOT
Progetto grafico: Guido Scarabottolo

ISBN 978-88-235-1419-5

Gruppo editoriale Mauri Spagnol
www.guanda.it

BRUNO ARPAIA
QUALCOSA, LÀ FUORI

UGO GUANDA EDITORE

Ammirava la sua missione e leggeva fedelmente ogni articolo sui mutamenti climatici. Una volta tuttavia gli disse che prendere l'argomento con la serietà dovuta avrebbe significato non pensare ad altro ventiquattr'ore su ventiquattro. Il resto diventava irrilevante, al confronto. Perciò, come tutte le persone di sua conoscenza, anche lei non era in grado di prendere la cosa seriamente, non fino in fondo almeno. La vita quotidiana non lo permetteva.

IAN MCEWAN, *Solar*

È difficile fare previsioni, soprattutto sul futuro.

NIELS BOHR

Forse era un fuoco, oppure una lanterna, quel tremolio rossastro in cima alla collina. Se era davvero una collina quella massa scura che si intuiva a est, più nera dell'oscurità in cui era immersa, melmosa, densa, senza sfumature. Steso per terra, appoggiato sui gomiti, Livio si guardò intorno, scrutando inutilmente nella notte; soltanto gli altri sensi gli fecero avvertire la moltitudine di corpi distesi accanto a lui sulla terra secca e polverosa. Quando tirò fuori il binocolo e lo puntò di nuovo verso est, non c'era più nessuna traccia di quel tremolio, nemmeno un rimasuglio di bagliore. Forse si era sbagliato, o forse solo lui l'aveva visto, ma doveva comunque dirlo subito alle guide, anche se era stanchissimo, se non riusciva ad alzarsi, se aveva sete, freddo e fame.

Sopra di lui, vide una notte di luna nuova e nuvole che nascondevano le luci delle stelle. Le stesse nubi immobili che da mesi e mesi, da quando avevano iniziato il viaggio, spalmavano le giornate di grigiore, di colori smorti, di aria spessa e calda, mentre le notti erano tinte di un buio senza scampo, gelido e compatto. Si lasciò ricadere sulla schiena e chiuse gli occhi, mentre appoggiava la testa nella polvere. Cinque minuti, sussurrò a sé stesso, cinque minuti e vado.

La prima cosa che si trovò davanti quando riaprì gli occhi fu la matassa di capelli ricci di una ragazzina china su di lui, due labbra secche e screpolate che lo salutavano.

« Buongiorno. »

« Buongiorno » mormorò.

Soltanto allora si accorse che nel frattempo si era veramente fatto giorno, che dietro il viso della ragazzina una linea di luce affaticata già pennellava il cielo sui crinali.

« Stava gridando » disse la ragazza. « Mi sono preoccupata. »

Livio annuì e si sollevò sui gomiti. La gente intorno a lui si stava risvegliando. Chi sbadigliava, chi si stiracchiava, chi camminava battendo forte i piedi per scacciar via il gelo della notte. Il colore uniforme della polvere sui corpi e sui vestiti li faceva sembrare un mare ocra, agitato da onde scapestrate come quei ricci ancora lì davanti, come quegli occhi neri che gli chiedevano se andava tutto bene.

« Sì, sì, soltanto un brutto sogno... Comunque, grazie. »

« Mi chiamo Sara » disse lei, rimettendosi in piedi.

« Io invece sono Livio. Grazie ancora. »

« Adesso è tutto a posto? Se ne ha bisogno, mi trova quattro file indietro. »

La vide allontanarsi tra la gente, scavalcare un paio di bambini addormentati e scomparire dietro il carro serbatoio. Soltanto allora si ricordò di quella luce in cima alla collina. Si alzò a fatica, riavvolse la sua branda di comprex multistrato, la mise nello zaino e guardò ai lati dell'accampamento. Dov'erano finite quelle maledette guide? Yasmina, Blanca, Selam, Thérèse, Irina... una qualunque della sua unità. Continuò a perlustrare la zona con lo sguardo mentre beveva la sua razione d'acqua cercando di assaporare ogni goccia fino in fondo, però la barretta della colazione la conservò per dopo. Richiuse lo zaino, se lo caricò sulle spalle e si avviò in cerca delle guide verso i carri di filtraggio, superando i primi quattro nuclei, fino alla zona che divideva la sua unità e la quindici. Fu a quel punto che le vide: un capannello di uniformi azzurre impolverate sotto il tendone del corpo di guardia. Discutevano, ma lui non le sentiva. Quando cercò di andare più vicino, da dietro un carro sbucò una sentinella che lo fermò puntandogli una vecchia pistola contro il petto.

«Alt, non si passa. Devi tornare in fila.»

Lui provò a insistere: «Porto un messaggio, è urgente».

«Per chi?»

«Per una delle guide, una qualunque della mia unità... La sedici.»

«No, no, è impossibile. Ti ho detto di tornare indietro» e intanto lo teneva sotto mira mentre lui arretrava qualche passo a braccia alzate, d'accordo, sì, tranquilla, me ne vado, finché non si girò e si avviò: ma piano, voltandosi ogni tanto a controllare cosa succedeva sotto quel tendone. Si fermò su una gobba del terreno, più o meno nella terra di nessuno tra le due unità, e si voltò a guardare. Da lì vedeva ancora le guide che gesticolavano, gli esploratori che andavano e venivano con le mimetiche sdrucite, le sentinelle che si raggruppavano, poi raggiungevano i loro posti di fianco alla colonna, mentre qualcuno, vedendole passare, protestava: perché non hanno ancora dato l'ordine?, cosa succede?, ormai dovremmo già essere in cammino.

Livio tornò al suo posto, il quarto della sesta fila, tra la signora Vargas con il figlio e il vecchio Aziz. Pochi minuti dopo, si sentirono ordini veloci, la colonna fremette come un brivido e riprese la marcia verso nord. Erano forse decine di migliaia, un millepiedi lungo tre chilometri, che procedeva lento in quella pianura screpolata che non sembrava avere mai una fine. Sotto i loro piedi la terra si sbriciolava in una sottile polvere giallastra, che si sollevava e poi ricadeva al loro passaggio, ricoprendo le orme. Qua e là, telai metallici contorti si stagliavano come cespugli di rovi e macchine agricole abbandonate formavano sculture spigolose. Attraversarono interi campi coperti dalle carogne del bestiame, con la mano sul naso per il puzzo. Poi, finalmente, trovarono una strada. Doveva essere una vecchia provinciale. Era semicoperta dalla polvere, ma sull'asfalto si camminava meglio. Le guide indicarono di puntare più a nordovest e dopo mezzogiorno entrarono in un piccolo paese. Chignolo, si chiamava. Lo diceva un cartello arrugginito, crivellato da buchi di pallottole.

« Alt! » ordinò Yasmina, quando gli esploratori dettero il via libera.

Voci, sussulti, eppure la colonna si fermò. Livio si guardò attorno. Davanti e dietro a sé vedeva solo teste, braccia, spalle e carri. Ai loro lati, la strada principale era cosparsa di lattine vuote e scatoloni. File di auto abbandonate erano parcheggiate sotto i platani morti e c'era terra, ancora terra secca, a ricoprire le carrozzerie e i sedili. Sui grandi spiazzi che erano stati prati, falò di rifiuti bruciavano senza più nessuno a sorvegliarli, mentre scuri rigagnoli di fumo vagabondavano sui tetti delle case. Chissà a Milano che avrebbero trovato... Forse le guide avrebbero evitato di passarci, nelle città c'erano ancora bande pronte ad assaltarli. Livio scosse la testa: quel loro viaggio era un'impresa quasi disperata, eppure l'unica possibilità era continuare a marciare verso nord. Per arrivare fino in Scandinavia, se fossero riusciti a sopravvivere, avrebbero impiegato ancora molti mesi, ma ormai non avevano altra scelta.

«Sosta di un'ora» urlarono le guide. Livio sedette a terra e tirò fuori la barretta della colazione. Fece quei due bocconi guardando il sole che baluginava in cielo dietro il sottile grigio delle nubi, spandendo quella luce gelida, attutita. Per un momento, gli venne quasi voglia di non rialzarsi più, di rimanere lì a morire, di diventare polvere anche lui, come quei tanti che si erano già lasciati indietro. E invece, quando venne l'ordine di marcia, si rimise in piedi. Si guardò attorno, batté la mano sulla spalla al vecchio Aziz e cominciò di nuovo a camminare.

Nessuno ricordava più con esattezza quando era cominciato tutto. Forse perché non c'era stato un vero e proprio inizio, forse perché si era trattato di una lenta e implacabile alleanza di eventi impercettibili, di alterazioni minime che, almeno in apparenza, cambiavano poco o nulla, finché, quasi di colpo, ci si era ritrovati in quel disastro. Teoria delle catastrofi: una teoria di fine Novecento, che riguardava i mutamenti improvvisi causati da piccole, successive alterazioni in un sistema, come il passaggio da un bruco a una farfalla, un nuvolone che si trasforma bruscamente in pioggia, ma anche quello sfacelo in cui, quasi senza rendersene conto, il mondo era precipitato.

Livio Delmastro, invece, ricordava. Ricordava benissimo quando, da bambino, aveva visto la famosa immagine dell'orso polare intrappolato su un pezzo di banchisa, alla deriva tra i ghiacci dell'Artico che cominciavano a sciogliersi: il mondo ricco aveva avuto un brivido. Di fronte a quella foto, milioni di persone con la pancia piena avevano provato paura, indignazione, terrore dell'apocalisse che si avvicinava... E poi, subito dopo, avevano pensato ad altro. Ecco, forse era lì che era cominciata tutta quella storia. Livio aveva ancora nelle orecchie le frettolose discussioni che ne erano seguite, le chiacchiere sulle lampadine a basso consumo e sulla necessità di usare meno le automobili che continuava a sentire dagli adulti e alla televisione. Ricordava di aver sentito che nel 2015, a Parigi, per la prima volta 195 paesi avevano sottoscritto un accordo globale sul clima: a molti era sembrata una svolta, una vera e propria rivoluzione; e invece, in realtà, gli impegni presi da ogni nazione a ridurre le emissioni di gas serra, comunque insufficienti, erano soltanto volontari; per di più, non c'era nessun organismo che avesse il potere di farli rispettare davvero. E così la rivoluzione si era trasformata in un fallimento. Ora tutti sapevano che quegli accorgimenti e quegli accordi erano serviti soltanto a dare alla gente l'impressione di avere un certo controllo sul proprio destino, ma non bastavano, anzi erano stati completamente inutili. In fondo, l'umanità pensava ancora di poter riparare quella crepa nel muro, senza capire che forse era già tardi: l'incrinatura nella parete si stava allargando e prima o poi il palazzo sarebbe crollato.

Livio era solamente un ragazzino, allora. Viveva a Napoli, andava al primo anno delle superiori, impazziva per la musica wak, si atteggiava a salutista e, come tutti i suoi compagni, si preoccupava moltissimo per l'ambiente, perciò rompeva le scatole ai genitori perché smettessero di fumare o perché gli dessero i soldi da mandare a qualche organizzazione ecologista impegnata a salvare gli orsi polari o l'ornitorinco. Quando si era iscritto all'università, a diciott'anni, fumava già un pacchetto di sigarette al giorno e aveva capito che il problema non si riduceva agli orsi polari che attaccavano i delfini o ricorrevano al cannibalismo per non morire di fame. E nemmeno al fatto di dover sopportare estati più calde o qualche tifone caraibico perfino sulle coste dell'Europa occidentale. C'erano guasti molto più profondi, ma il mondo era preso da altri problemi, anche se tutti, politici compresi, si dicevano ambientalisti, almeno a parole, perché essere «verdi» non costava quasi nulla e faceva guadagnare voti.

In realtà, solo in pochi avevano davvero annusato

l'immensità di ciò che li aspettava al varco. Perfino gli esperti dell'Onu, quelli dell'Ipcc, il Gruppo intergovernativo sul cambiamento climatico, che avevano cominciato a pubblicare regolari rapporti sulla situazione del pianeta, lanciavano allarmi preoccupati e fissavano limiti invalicabili alle emissioni di gas serra, ma non erano riusciti a inserire nelle loro tabelle ogni possibile feedback che forse stava già influendo sul clima, sottovalutando molti fattori di rischio. La verità è che non sapevano ancora calcolarli. Parlavano di ridurre del cinquanta per cento le emissioni inquinanti, di non superare le 450 parti per milione di anidride carbonica nell'atmosfera e di non oltrepassare i due gradi di incremento della temperatura globale, ma solo pochi scienziati d'assalto continuavano a ripetere che quelle misure erano insufficienti, che c'era bisogno di cure più drastiche per evitare il peggio, se pure era ancora possibile evitarlo.

Livio ricordava che all'epoca tutto il dibattito ruotava attorno al cosiddetto «punto di non ritorno»: a quanti gradi di aumento della temperatura media della Terra sarebbe stato oltrepassato? A quante parti per milione di anidride carbonica nell'atmosfera? E in che anno sarebbe successo, se il mondo non avesse preso delle contromisure? A quei tempi, non si sapeva con certezza. Si sapeva, però, che una volta superata quella soglia, probabilmente oltre i due o i tre gradi di aumento della temperatura media, il caldo avrebbe fuso i ghiacciai d'acqua dolce della Groenlandia e dell'Antartico occidentale, facendo innalzare i mari e per di più perdendo una vasta superficie riflettente che fino a quel momento aveva rimandato indietro una parte del calore solare; anche il permafrost, il terreno permanentemente ghiacciato alle latitudini più settentrionali, avrebbe cominciato a sciogliersi e a liberare idrato di metano, ventidue volte peggiore dell'anidride carbonica come agente riscaldante, in un effetto combinato sempre più potente. E a quel punto il riscaldamento globale sarebbe diventato un processo in grado di autoalimentarsi: sarebbe giunto il giorno in cui i meccanismi innescati dall'aumento delle temperature, dal disgelo della tundra e dalla fusione delle calotte artiche si sarebbero sottratti a ogni controllo e avrebbero ricreato il mondo senza il permesso dell'umanità.

Per questo Livio si era trasformato in attivista: a diciannove anni era entrato in uno dei gruppi ambientalisti più radicali ed era diventato anche un dirigente provinciale del movimento.

«Ma cosa speri?» lo rimproverava il suo amico Víctor. «Pensi davvero che un leader di questi nuovi partiti del cazzo sia disposto a suicidarsi politicamente soltanto perché la tua causa è giusta?»

«Ma non è solo giusta...» ribatteva Livio, retorico come si può esserlo soltanto a vent'anni. «Ne va del futuro della razza umana.»

«Ah, bella razza, visti i disastri che abbiamo combinato... Comunque, te lo ripeto: è inutile che ti sbatti. Nessun politico vorrà perdere nemmeno le prossime elezioni comunali promettendo di farci diventare più poveri e di costringerci a vivere come cent'anni fa. E il resto dell'umanità, quella davvero povera, che si fotta...»

Si conoscevano dai banchi del liceo, poi si erano iscritti insieme a medicina. Livio era sensibile, idealista, appassionato; Víctor sornione, diffidente, bastiancontrario, perfino già un po' cinico. Eppure, nonostante fossero così diversi, sembravano aver bisogno l'uno dell'altro, come le due facce di una stessa moneta. Quando, come accadeva di frequente, Livio veniva assalito dalla fregola ecologista, Víctor si limitava a sorridere e a sopportare con ironia le sue lunghe concioni agli amici, oppure a rifiutare con cortesia i suoi inviti a partecipare a qualche manifestazione o a un corteo. Sorridendo sotto i baffi, lo osservava spiegare accalorato a chiunque fosse disposto ad ascoltarlo che si trovavano di fronte alla sesta estinzione di massa sulla Terra, che in pochi decenni era scomparsa quasi la metà delle specie animali, che il cambiamento climatico era la vera emergenza da affrontare perché il carbonio e i suoi composti gettavano una lunga ombra sul futuro: dal momento in cui si fosse smesso di pompare quei gas nell'aria, il surriscaldamento del pianeta sarebbe durato ancora per molti secoli. Per di più, quel cambiamento sembrava una minaccia democratica, perché dava l'impressione di mettere a rischio tutti allo stesso modo, ricchi e poveri, americani e africani, e invece la lista dei paesi più in pericolo assomigliava molto, troppo, a quella dei paesi più poveri. Possibile che Víctor non lo capisse?

La vide da lontano, sotto il sole, che camminava accanto al primo nucleo, con il mitra a tracolla, il berrettino in testa e l'uniforme azzurra lacera e impolverata. Livio la tenne d'occhio per più di due chilometri e appena si voltò ne approfittò per domandare a gesti il permesso di parlarle. Yasmina, con la mano, gli fece cenno di uscire dalla fila. Le era simpatico, quel vecchio serio e concentrato, che non chiedeva nulla, che non si lamentava, che, se poteva, dava una mano a tutti.

« Allora, cosa c'è? » gli chiese quando la raggiunse. Lei aveva rallentato il passo e adesso erano accanto al terzo nucleo, all'ombra di un carro di filtraggio.

« Stanotte... » disse lui, un po' ansimante, « stanotte mi è sembrato di vedere delle luci sopra una collina. Forse però mi sbaglio... Ormai non so nemmeno se sono ancora vivo... »

Lei annuì e gli posò una mano sulla spalla. Gli era già successo a Napoli: Livio ebbe di nuovo un brivido, un fremito piacevole. Quanto tempo prima aveva imparato che tutte le sensazioni erano dovute alla dopamina, alla serotonina, all'ossitocina? Che quelle erano solo reazioni chimiche e fisiche nel suo cervello? Da allora, ne era passato di tempo. E, del resto, cambiava forse qualcosa conoscere fino in fondo le reazioni dei suoi neuroni e i motivi per cui quel contatto gli sembrava gradevole?

« Sì, lo sappiamo » mormorò Yasmina, badando a non farsi sentire da nessuno. « Abbiamo già mandato gli esploratori in giro, però non hanno visto nulla. Dev'essere qualche altro strano fenomeno dovuto ai gas serra... Comunque, mi raccomando, tieni gli occhi aperti e la bocca chiusa. Torna al tuo posto, adesso. Ci vediamo. »

Mentre riattraversava la sua fila, Livio la guardò accelerare il passo e riprendere il proprio posto accanto al primo nucleo. Una macchia corvina brillò al sole quando Yasmina si sistemò i capelli sotto il berrettino.

«Che c'è? Cosa è successo?» gli chiese la signora Vargas. Era magra come una scopa, aveva i capelli molto corti, la voce ansiosa e febbricitante.

«Ah, niente... Volevo solo chiedere quando pensavano di arrivare al lago...»

«E cosa le hanno detto?»

«Che sperano di arrivarci presto.»

Erano passati tre giorni da quando le scavatrici avevano trivellato nel letto di quello che restava del Po e le loro riserve d'acqua stavano drasticamente calando. Adesso risalivano il vecchio corso del Lambro, ma del fiume non c'era più traccia. I pendii di fango si erano seccati da tempo, formando una serie di basse dune, con le creste ingiallite per il caldo. Le uniche piante in grado di sopravvivere erano mostri che immagazzinavano l'acqua, serbatoi viventi come cactus e agavi, che loro sfruttavano per ricavarne il prezioso liquido, oppure qualche raro arbusto simile all'agrifoglio.

Passarono sotto un ponte diroccato che doveva essere quello dell'autostrada, poi, qualche chilometro più in là, ne trovarono un altro, di mattoni, ad archi ribassati, intatto. Sulla sinistra, oltre l'argine, tra le colonne di fumo che salivano dai tetti delle case smantellate, s'intravedeva un campanile barocco.

«È Lodi, è Lodi» si sparse la voce, mentre le sentinelle, in caso di eventuali attacchi, puntavano i fucili verso gli argini e le spallette.

Superato il ponte, la colonna piegò un po' più a nord. Attraversavano campi polverosi, merlettati dalle anse dell'Adda che formavano profondi avvallamenti secchi nel terreno. Abbarbicata all'ombra sui pendii rivolti a nord, ancora resisteva una sterpaglia bassa che qua e là s'incendiava per autocombustione. Ogni tanto incrociavano cascine e capannoni industriali disfatti; allora gli esploratori si staccavano dalla colonna e li verificavano.

«Ma quando ci fermiamo?» si lamentò Miguel, il figlio della Vargas.

«Tra poco, sta' tranquillo» lo consolò Aziz. Era un ex tenente dell'esercito, pratico e sbrigativo. «Aspettiamo di arrivare in una zona più sicura.»

La trovarono soltanto un'ora e mezzo dopo. Faceva ancora caldo. Il cielo si era tinto del rosso verdastro del tramonto e la luce sembrava appena disseppellita. Era una luce lenta, piena di grumi, di impurità, che arrivava fino a loro superando strati e strati di gas e di pulviscolo. Quando Yasmina diede finalmente l'alt, Livio si allontanò dalla colonna. Aveva le labbra spaccate, la gola che gli pizzicava e i muscoli indolenziti. Malgrado il caldo, si sentiva stranamente intirizzito, come se stesse lottando contro l'influenza. Eppure fu tra i primi ad arrivare al carro di filtraggio. L'urina scorse lenta, densa e scura, mentre spariva risucchiata nell'imbuto. Poi, venne l'ora delle code: per la latrina, per l'acqua, per il cibo, nucleo per nucleo, fila dopo fila. Non c'era mai riposo. E dopo cena, ancora a lavorare: chiunque ci sapesse fare con le mani andava alla manutenzione di carri e macchinari; gli altri, accompagnati dalle sentinelle, si sparpagliavano per raccogliere legna o erbe commestibili, per catturare roditori e insetti da mangiare, per cercare sifoni naturali dove fosse rimasta imprigionata un poco d'acqua. A Livio, invece, toccava fare scuola ai ragazzini di tutta l'unità.

Era già quasi scuro quando finalmente si disposero in cerchio e accesero gli schermi. L'aria era ferma. A ovest si era raccolta una caligine bassa striata di giallo; a est, sopra il mare che aveva sommerso la pianura, dominava un azzurro freddo che stava ormai diventando nero; a nord, in lontananza, si intravedevano i primi contrafforti delle Alpi. In piedi in mezzo a una trentina di studenti, Livio si lisciò la barba e sorrise.

«Stasera, matematica. E siete fortunati: è finalmente arrivato il momento di scoprire le meraviglie degli integrali e delle derivate...»

Aveva appena iniziato a parlare quando arrivò Sara. Fece un cenno di scusa con gli occhi e si accovacciò fra Duna e Andrés. Dietro di lei, però, era rimasta in piedi un'ombra, un viso che a poco a poco si delineò nella luce fioca.

«Ah, Livio, questa è mia madre e dice che...»

«Sì, professore... Sono Marta De Vico, una sua vecchia allieva, si ricorda?»

No, Livio non si ricordava. Ma si sforzò di sorridere e annuire.

«Sì, certo, Marta... Come sta?»

«Passabilmente, vista la situazione.» Marta aveva risposto allargando le braccia e accennando a guardarsi attorno. Era sulla quarantina, alta e magra sotto i capelli ricci come quelli della figlia. Le labbra cercavano di sorridere, ma la faccia opponeva resistenza. « Volevo soltanto salutarla e dirle che sono qui. Ora la lascio alle sue lezioni. A presto, spero. »

« Ma certo, a presto. »

Per qualche secondo, Livio la guardò tornare alla sua fila pensando al tempo che passava, alla memoria che lo tradiva, alla vita che non avrebbe mai più riavuto. Poi si scosse di dosso quel brutto pensiero come un cane che si scrolli via l'acqua dal pelo e tornò ai suoi studenti.

« Va bene, cominciamo... Vi ricordate cos'era una funzione? »

Sopra di loro, il cielo si richiuse come un pugno, nero e gelido. Oltre le luci degli schermi dei ragazzi, c'era soltanto un buio appiccicoso. Ma sotto il brusio delle voci della colonna, sotto lo scricchiolio dei carri di servizio che si sistemavano ai loro posti, si sentiva la notte che avanzava, che mormorava minacciosa come una preghiera.

« La verità è che non sai vivere senza un'apocalisse all'orizzonte... In fondo, questo destino terribile promesso dal cambiamento climatico ti piace, ti fa provare un brivido... L'ecatombe ti attrae... » lo punzecchiava Víctor.

Nel loro gruppo di amici, quei dibattiti sul surriscaldamento del pianeta andarono avanti per tutto il periodo dell'università. Molto di rado Víctor dava ragione a Livio; a volte concordava sulla sua analisi della situazione, mai sulle possibili soluzioni. Di solito, lo prendeva addirittura in giro, pungendolo sul vivo, oppure gli diceva che l'ambientalismo era soltanto un lusso da ricchi: « Pensa a tutte le signore bene che spendono una fortuna per i cibi biologici e organici... Se tutti gli alimenti venissero prodotti così, utilizzando tanta terra, tanta acqua e tante risorse, le persone che soffrono la fame aumenterebbero enormemente. Bella roba: per far mangiare cibi senza contaminazioni chimiche a pochissima gente ricca, si usano terre che potrebbero produrre molti più alimenti per chi ne ha davvero bisogno. È questa la tua ecologia? »

Livio ribatteva, spiegava, s'incazzava, sciorinava dati, gli ripeteva che moltissimi scienziati pensavano che le stime dell'Ipcc fossero troppo ottimistiche, perché lasciavano fuori un mucchio di processi realmente significativi e pericolosi. Altro che un aumento di due gradi e un sollevamento dei mari di pochi centimetri... Per esempio, James Hansen e Dennis Bushnell, della NASA, oppure lo Oxford Earth Science Department, prevedevano per il 2100 un aumento della temperatura media del pianeta compreso fra i sei e i dodici gradi, con un innalzamento del livello dei mari da dodici a ottanta metri. A quel punto, per di più, gran parte degli oceani sarebbero stati privi di ossigeno ed estremamente acidi, e avrebbero così distrutto lo strato di ozono, rendendo difficile la respirazione.

« Ottanta metri, ti rendi conto? E tu, intanto, sei bravo solo a criticare chi cerca di fare qualcosa, a guardarlo con quella tua insopportabile puzza sotto il naso. »

Alla fin fine, gli diceva, non c'era nessuna differenza

tra quelli come Víctor e i pochi scienziati che continuavano a sostenere che l'umanità non era per nulla responsabile del cambiamento climatico, che si trattava di un normale ciclo naturale...

Ma era rarissimo che finissero per trovarsi d'accordo. Eppure, per quanto appassionato e caparbio, Livio era troppo intelligente per non accorgersi che dopo anni di discorsi, manifestazioni, cortei, convegni, sit-in, il mondo non era stato in grado di fare nemmeno un passo nella giusta direzione. Le ricerche sulle nuove fonti di energia venivano scarsamente finanziate, mentre la riduzione delle emissioni di anidride carbonica procedeva molto, molto più a rilento di quanto avrebbe dovuto. Insomma, nessuno dei leader politici mondiali aveva ancora fatto nulla di concreto e di davvero efficace: in molti casi perché, presi dalle loro beghe, non si rendevano conto della velocità con cui la situazione stava cambiando, e in altri perché preferivano attenersi agli unici dati sul mutamento climatico fino a quel momento diffusamente accettati: quelli dell'Ipcc.

Così, stanco di tante chiacchiere, dei tentativi frustrati per spingere i politici a prendere qualche iniziativa seria, Livio finì per ammettere senza dirselo che forse Víctor non aveva tutti i torti. A poco a poco, senza trascurare completamente i vecchi interessi, decise di pensare anche a sé stesso e al suo futuro e si mise a studiare con impegno. Del resto, ormai nemmeno le sorti del pianeta sferzato dal surriscaldamento lo appassionavano quanto i meccanismi del cervello umano. Addentrarsi in quei misteri, sviscerare gli intricati rapporti fra i neuroni, imboccare sentieri mai esplorati per capire come funzionasse la meravigliosa «macchina di futuro» nascosta dentro il cranio, compensava ogni sforzo e quasi ogni sacrificio.

Una sera, però, Livio e Víctor litigarono sul serio. Stavano festeggiando con gli amici in birreria perché la mattina tre di loro avevano superato l'esame di chimica organica. Si erano tolti un bel peso di dosso, ma quella serata per Livio era speciale anche per un altro motivo: era finalmente riuscito a fare in modo che la sorella di Giulio invitasse la sua amica Angela. Quella ragazza biondina, spigliata, con un culo spettacolare, gli piaceva davvero. E voleva fare colpo su di lei. Perciò si sforzava di apparire a tutti i costi simpatico e brillante, l'uomo più spiritoso, intelligente, colto, complesso e misterioso della Terra, lanciandole ogni tanto sguardi che avrebbero voluto essere assassini. Forse, però, anche Víctor era interessato a lei, perché cominciò a stuzzicarlo con accanimento e poi a provocarlo apertamente. Alla fine, già un po' su di giri per la birra, lo accusò di essere un reazionario, come tutti i suoi amici ambientalisti: la verità era che aveva paura dei cambiamenti, voleva fermare il tempo nel passato, congelare l'evoluzione. «E questa, non c'è niente da fare, è un'idea conservatrice» gli disse, sprezzante. «Un'idea che la sinistra condivide così bene con la destra, solo che la applica a oggetti differenti. Se gli uomini della preistoria avessero avuto le tue idee, vivremmo ancora nelle caverne.»

Normalmente, Livio avrebbe lasciato perdere e piantato lì quella discussione troppe volte ripetuta. Invece quella sera c'era Angela. Si sbracciò, replicò con veemenza, fece perfino appello a Camus e a Hannah Arendt. Gli disse che se occuparsi della preservazione del mondo voleva dire essere conservatori, allora sì, d'accordo, lui era un conservatore... Lo chiamasse pure come gli pareva. Però stava colpendo un bersaglio di cent'anni prima, quando il mondo era immobile e i conservatori volevano lasciarlo così com'era. «Oggi, invece» urlò per sopraffare la musica, mentre Giulio e Carmen si sbaciucchiavano in fondo alla tavolata, «il cambiamento, qualunque cambiamento, è diventato la nostra religione. Non importa dove si va; basta muoversi, 'progredire'...»

«E questo cosa c'entra?» lo interruppe Víctor.

«C'entra, eccome. Non ne posso più di quelli come te, che vogliono cambiare le cose così, tanto per cambiarle. Il progresso? Ma dài, non farmi ridere... Siete voi i veri conservatori, e invece i rivoluzionari siamo noi, perché oggi l'unica rivoluzione possibile è impedire al mondo di disfarsi. Bisogna innanzitutto pensare a conservare quello che è essenziale.»

Alla fine della sua tirata, Livio guardò orgoglioso Angela e sorrise. Pensava di averlo steso, di avere avuto partita vinta. Invece Víctor reagì malissimo.

«Sei un povero scemo» gli urlò, «un idiota che lavora senza saperlo per le multinazionali che stanno privatizzando l'acqua, per i grandi manovratori, per i padroni del mondo che si stanno già accaparrando i miliardi del business ecologico...»

Livio non ci vide più. Gli mollò un pugno sul naso e se ne andò. Al diavolo lui e la biondina. Non si parlarono per quasi sei mesi, due navi alla deriva nell'oscurità. Víctor e Angela si misero insieme e dopo due settimane si lasciarono. Quando lo seppe, Livio si chiuse in bagno e vomitò. A novembre, si riappacificò con Víctor. Voleva chiudere definitivamente quel capitolo stropicciato della sua vita.

Si lasciarono Milano sulla sinistra, per evitare di passarci. All'alba, due plotoni di esploratori c'erano entrati da est, attraversando le piste distrutte dell'aeroporto di Linate e un'ampia radura che sulle vecchie mappe risultava essere stata un parco. Già su quello che la piantina indicava come viale Argonne avevano sentito in lontananza spari isolati e raffiche di mitra; a piazzale Susa, avevano visto tre impiccati che penzolavano da un castagno secco, mentre ai lati di corso Indipendenza, fra gli scheletri delle case abbandonate, c'era una catasta di cadaveri che bruciavano. Avevano deciso che non era aria. Meglio non correre rischi, a costo di ridurre al lumicino le riserve d'acqua. Così, la colonna aveva puntato su Segrate, Cologno, Monza, Desio, Cantù, mentre la pianura arida e spenta lasciava il posto alle colline. Due giorni dopo, raggiunsero Como nel primo pomeriggio.

Lì la situazione era più tranquilla. Molta gente ci sopravviveva alla meno peggio, però non si notavano segni di violenze. Li accolsero con diffidenza, ma senza ostilità aperta. Donne, uomini e i rari bambini li guardavano dalle finestre senza vetri o si fermavano sul ciglio del marciapiede a osservarli sfilare, senza dire una parola, cenciosi, magri, gli occhi come due strisce sottili e orlate di rosso.

Mentre percorrevano il lungolago, Livio prese il binocolo e vide di fronte a sé la costa scoscesa e ormai priva di boschi, i paesini abbandonati sulla montagna brulla, le scalinate che una volta portavano alla riviera, i ruderi saccheggiati delle antiche ville signorili e, in alto, le dolomie dalle rocce dentate, piene di guglie e torri. In basso, invece, oltre il parapetto su quello che era stato il lungolago, Livio scorse uno spettrale pendio incavato fra le Prealpi. Un chilometro più in là, a una profondità di un centinaio di metri, si estendeva una fanghiglia marrone. Una ripida discesa ricoperta di carogne di uccelli e di pesci la circondava come la spiaggia di un incubo. Ma là in fondo c'era acqua. E in quantità che non vedevano da tempo. I vecchi fondali dovevano trovarsi in una criptodepressione, una fossa continentale al di sotto del livello del mare.

Un lungo mormorio percorse la colonna. Aziz sorrideva, Miguel salterellava all'impazzata e perfino la voce della signora Vargas si era fatta un po' meno ansiosa.

« Ora ci fermeremo, non è vero? »

Livio annuì, scrutando verso la testa dell'unità, cercando con gli occhi Yasmina. Non la vide. Si voltò indietro verso Sara e Marta. Quando le localizzò, sorrise, e loro gli risposero agitando le mani in aria. Poi si concentrarono di nuovo sulla strada.

Si accamparono a sud di San Giorgio, oltre le ultime case, ai piedi del Monte della Croce. Ogni unità si dispose a cerchio, con le sentinelle e le guide all'esterno per protezione, mentre gli addetti all'acqua, accompagnati dalle scorte, si calavano sul fondo del lago con le batterie solari, i carri di filtraggio e le idrovore. Avrebbero passato lì la notte e all'alba avrebbero iniziato a lavorare. A Livio e agli altri, invece, dopo le code per l'acqua e per il cibo, toccarono i soliti compiti.

Anche quella sera Sara si presentò a lezione accompagnata dalla madre. Stavolta, però, Marta restò lì vicino, in silenzio, ai margini del cerchio che i ragazzi più grandi avevano formato. Erano stanchi, sporchi, eppure, tranne qualcuno che non riusciva a tenere gli occhi aperti o qualcun altro che disegnava cerchi sulla sabbia, ascoltavano con attenzione Livio che parlava del periodo barocco, di Caravaggio e Velázquez, di Góngora e Quevedo, di Borromini e del cavalier Bernini, di Gabrieli e Monteverdi, di Galileo e Keplero... Cosa importava se alcuni di quei quadri erano andati distrutti, se della fontana del Bernini, come della stessa piazza Navona, non c'era più traccia, se adesso parte di quelle musiche e di quei testi era conservata soltanto in qualche memoria elettronica di Nuuk, di Ushuaia o di Reykjavík ed era difficilissimo ottenerne una copia, se non arrivando fisicamente fin lì, e per giunta con le tasche cariche di soldi? Magari qualcuno di quei ragazzi che adesso stavano incantati ad ascoltarlo, magari quello che adesso lo fissava con un commovente luccichio negli occhi, un giorno ci sarebbe riuscito. E comunque Livio sì, Livio aveva visto quei quadri, ascoltato quelle musiche, letto quelle poesie, studiato l'influenza delle ellissi kepleriane sull'immaginario politico e artistico dell'epoca. Poteva ancora contare su una buona memoria e sembrava pensare che, anche in mezzo a quel disastro, fosse giusto cercare di tramandare quelle conoscenze, fare in modo che non tutto andasse perduto. I suoi colleghi delle altre unità spesso si limitavano a insegnare matematica, fisica, chimica o biologia, ma lui, così come aveva sempre fatto negli anni di insegnamento, insisteva a mescolare arte e scienza, filosofia e fisica, poesia e chimica...

«Complimenti, professore. Se fosse vissuto nell'antica Grecia, sarebbe stato uno di quei grandi filosofi naturali...»

Marta gli si era avvicinata sorridendo quando i ragazzini si erano alzati ed erano corsi via. La temperatura era diventata leggermente più mite e un minimo di umidità aleggiava nell'aria, anche per la vicinanza delle montagne. I loro nasi assorbivano con avidità quell'impercettibile vapore.

«Dai miei tempi, le sue lezioni sono addirittura migliorate. Sempre più affascinanti...»

«La ringrazio, ma non credo proprio di meritare tutti questi elogi» si schermì lui, mentre si lasciava cadere a terra per sedersi. Era stanco, e tendini e ossa non rispondevano più come una volta. Fece cenno alla donna di accomodarsi accanto a lui, poi fissò il cielo al tramonto che mandava bagliori scarlatti, viola, verdi, dietro i crinali che li circondavano. «Anzi» aggiunse dopo un po', voltandosi verso Marta, «se devo dirle la verità, a me sembra che quello che faccio sia del tutto inutile... Il novanta per cento di quelli con cui viaggiamo non ha mai nemmeno saputo dell'esistenza dell'antica Grecia e del barocco. E adesso ha senso cercare di far recuperare a questi ragazzini tutto ciò che si è perduto? Cosa se ne faranno, in questo mondo? Me lo continuo a chiedere... »

Livio scosse la testa e si lisciò la barba. Dal lago di fronte a loro saliva una leggera foschia, come non ne vedevano da tempo. Bella, senza dubbio, con quel suo strano modo di rendere il paesaggio sfumato e surreale; ma in fondo era altra acqua che evaporava, e quel vapore acqueo avrebbe a sua volta accresciuto l'effetto serra. Un circolo infernale, beffardo, in cui i dannati erano loro.

« Male non gli farà, sapere di Caravaggio e Gabrieli » sorrise Marta. « Tanto, peggio di come vivono adesso, è difficile... » Fece una breve pausa, poi si batté le mani sulle ginocchia e si alzò. « Ora devo andare, mi scusi... Ci vediamo domani, dorma bene. »

« Certo, a domani. Buona notte. »

Ancora accoccolato a terra, Livio aprì lo zaino e tirò fuori la branda. Premette il pulsante e la guardò dispiegarsi accanto a lui. Ormai era buio, avrebbe anche potuto mettersi a dormire. Si stese con precauzione sul comprex e chiuse gli occhi, ma qualcosa gli impediva di prendere sonno, facendolo rivoltolare nei pensieri. Poi, a poco a poco, mise più o meno a fuoco il tarlo che gli dava fastidio, quello che gli premeva dentro, ancora vago e confuso, senza nessuna forma: colpa dei ragazzini. Bastava che fossero semplicemente lì per ricordargli che era un vecchio. In realtà, aveva paura di loro. Cercava di annichilirli con il suo sapere, di metterli in soggezione, nel tentativo di respingerli, di ricacciarli indietro, di combattere contro il tempo che se l'era mangiato vivo, lentamente, continuando a ferirlo senza mai farla finita. Ora era stanco. Tutto sarebbe stato meglio di quella lunghissima agonia. Andarsene, ormai, sarebbe stata la soluzione migliore. Solo che doveva stare attento, con i sensi all'erta. Quando stai per morire, e lo sai, e l'aspetti al varco, dicono che la morte faccia meno male.

Qualche anno dopo, sebbene non fosse più un militante attivo del movimento ambientalista, Livio continuava a pensare che bisognasse essere ciechi e sordi per non accorgersi che probabilmente i limiti fissati dagli esperti dell'Ipcc erano stati praticamente raggiunti e superati. Se l'Europa e l'America del Nord erano riuscite a ridurre un po' le loro emissioni di anidride carbonica, quelle della Cina, della Russia, dell'India, del Brasile seguitavano a crescere. La temperatura media del pianeta, dicevano gli studi che Livio continuava nonostante tutto a consultare, si era innalzata di due gradi rispetto al 1990. Il che significava che sulla terraferma gli aumenti erano molto maggiori. Per un paio di decenni, gli oceani avevano un po' mascherato la gravità della situazione, ma poi avevano restituito ogni danno con gli interessi. Le conseguenze? Ondate migratorie sempre più violente dall'Africa, dove la desertificazione avanzava e l'agricoltura diventava spesso impraticabile, per la scarsezza delle risorse idriche e per la salinizzazione del suolo, aggravata dall'evaporazione più veloce dell'acqua dai campi irrigati. L'acidità dei mari aveva raggiunto valori allarmanti, mentre il loro livello si era innalzato, sebbene ancora soltanto di una ventina di centimetri, perché i ghiacciai della Groenlandia si stavano ritirando, mentre il ghiaccio dell'Artico spariva regolarmente per quattro mesi all'anno. Per di più, i feedback tanto temuti erano probabilmente già in atto: tonnellate di idrato di metano cominciavano a riversarsi nell'atmosfera perché il permafrost canadese, siberiano e dell'Alaska iniziava lentamente a sciogliersi, in un processo che aumentava l'effetto serra e che sembrava impossibile da arrestare. Era già stato superato il famoso punto di non ritorno? Impossibile dirlo con certezza. Intanto, però, molti stati compresi nella fascia tropicale e subtropicale erano quasi sul punto di smettere di funzionare e i conflitti tra le nazioni crescevano a dismisura, spegnendo ogni speranza di una collaborazione internazionale per arginare il disastro.

In ogni parte del mondo, eventi meteorologici estremi provocavano improvvisi sconquassi. Se Livio metteva in fila le notizie che leggeva sui giornali o che ascoltava alla televisione, il panorama era devastante: ondate assassine di calore colpivano non soltanto la California, dove la siccità e gli incendi avevano fatto perdere decine di migliaia di posti di lavoro nell'agricoltura e da dove la gente cominciava a emigrare, ma anche negli Stati Uniti sudorientali, che di solito godevano di un clima umido, c'erano divieti di irrigazione, raccolti appassiti e contese per l'acqua tra gli stati. Il Messico era ostaggio della siccità già da vent'anni. Le temperature eccezionali stavano inaridendo il Brasile, l'Argentina, l'Africa occidentale, l'Australia, il Medioriente, la Turchia e l'Ucraina. Si inviavano regolarmente aiuti alimentari in Lesotho, Swaziland, Zimbabwe, Mauritania e Moldavia. Decine di migliaia di profughi dai paesi ormai desertificati chiedevano lo status di «rifugiati climatici», ma le nazioni ricche si chiudevano a riccio e rifiutavano di accoglierli e di accettare quella nuova definizione giuridica. In Italia, così come in Grecia e in Spagna, gli inverni erano incredibilmente miti e le estati soffocanti e arroventate. Ma allo stesso tempo piogge furiose, vere e proprie «bombe d'acqua», colpivano la Liguria, la Lombardia o la Puglia, provocando l'esondazione dei fiumi e disastrosi allagamenti, mentre in più occasioni uragani e tornado sferzavano il Veneto o la Toscana. Di tanto in tanto, i mari più alti e le ondate temporalesche provocavano inondazioni in città portuali come New York, Rotterdam, Mumbai e Shanghai. Poi toccò a Napoli.

Un nubifragio senza precedenti che imperversava proprio nella direzione sbagliata e una rarissima marea equinoziale sommarono i loro effetti per spingere migliaia di tonnellate d'acqua verso la città, sommergendo quasi del tutto il porto, via Marina, via Caracciolo, la Riviera di Chiaia e Mergellina. I morti in città furono quasi quattrocento, più i centododici di una nave da crociera ormeggiata al molo e distrutta dalla furia della mareggiata, mentre quasi centomila persone vennero evacuate. L'acqua invase la metropolitana e gli impianti chimici della zona orientale, case e palazzi lungo la costa vennero devastati e quando la marea si ritirò migliaia di volontari si misero al lavoro per salvare il salvabile. Livio fu tra i primi ad accorrere. Fu allora che conobbe Leila.

Del suo aggressore, vedeva con nettezza i vestiti sbrindellati, la cintura del fucile a tracolla, il coltello che gli brillava nella mano destra. La faccia, invece, per quanto si sforzasse, restava come in ombra, confusa e indecifrabile. Quando sentì il coltello affondargli tra le costole, una, due, tre volte, Livio ebbe un sussulto e socchiuse gli occhi. Nella luce polverosa, distinse un paio di gambe e la punta di uno stivale che gli dava piccoli colpi su un fianco.

«Va bene, va bene, sono sveglio.»

Si tirò su a fatica, sbattendo le palpebre, e riconobbe l'uniforme azzurra di Irina, una delle guide. Era alta, bionda, con gli occhi grigi e la carnagione chiara delle slave. Sul viso e sulle braccia, il sole e il caldo le avevano provocato una brutta eruzione cutanea.

«Dice Yasmina che devi presentarti subito al comando.»

«Io? E perché? Non ho nemmeno fatto colazione, non ho bevuto la mia razione d'acqua...»

«Te la daranno lì. Adesso sbrigati.»

Livio si passò l'anulare e il mignolo sulla fronte, poi si alzò, ripiegò la branda, la mise nello zaino e seguì Irina tra la gente che cominciava a mettersi in attività. Si era svegliato bilioso, incattivito, e quella frettolosa camminata fino al tendone del corpo di guardia non gli migliorò l'umore. La solita sentinella sbucò da dietro un carro, ma quando riconobbe Irina abbassò subito la pistola.

« Vi stanno aspettando » disse.

Yasmina cominciò a parlare non appena li vide. Sotto il tendone, oltre alle guide e a qualche esploratore, c'erano una ventina di persone di diverse unità. Quasi tutte donne, ovviamente.

« Insieme a tre di noi, siete stati scelti per andare a negoziare con gli svizzeri. Per lasciarci usare il loro corridoio umanitario, vogliono essere sicuri che questa sia una colonna di civili, anche se protetta da persone armate. Non hanno mai visto tanti migranti insieme, perciò saranno diffidenti, sospettosi. Se qualcuno di loro vi farà domande strane, rispondete con decisione, ma dicendo la verità. È tutto chiaro? »

Tutti annuirono, tranne una ragazza dai lineamenti sudamericani.

« Ma non potremmo prendere la strada del San Bernardo? »

Yasmina sospirò, un po' seccata.

« Mercedes » sbuffò, « avremmo gli stessi problemi allo Spluga, sull'altro confine svizzero. E poi, passando da questa parte, potremo contare su qualche riserva d'acqua del lago di Lugano. Altre domande? »

Lo chiese tanto per chiedere, si capiva benissimo che non voleva altre seccature. Eppure Livio, quando vide che la delegazione si stava mettendo in marcia, non riuscì a trattenersi.

« E la mia razione d'acqua? »

Nessuno gli rispose. S'incamminarono verso il confine

costeggiando la vecchia autostrada. In testa al gruppo, con le loro uniformi azzurre, c'erano Yasmina, Ursula e Rocío, la responsabile dell'intera colonna. Dietro venivano le ragazze, e in fondo, borbottando, Livio e Nuno, l'unico altro maschio della compagnia.

«Cazzo di fretta... Non mi hanno dato il tempo nemmeno di pisciare» si lamentava Nuno.

«A chi lo dici? Anch'io me la sto facendo addosso, e ho pure sete e fame...»

Il sole ormai picchiava duro sulle loro teste, avvolgendoli in una luce sanguinosa che sembrava braccarli, appostata negli squarci delle finestre e delle case sventrate. Per fortuna non dovettero camminare a lungo: videro da lontano la robusta recinzione del confine, punteggiata da telecamere a celle polimeriche solari e interrotta da due grandi casematte di cemento da cui spuntavano mitragliatrici e lanciagranate. Alle loro spalle, stazionavano minacciosi due vecchi carri armati e una camionetta. Chissà quei maledetti dove trovavano il combustibile o cosa diavolo usavano per farli muovere...

La maggior parte degli svizzeri si era ormai ritirata sulle montagne, oltre i 1500 metri di altitudine, dove le temperature erano più sopportabili, lasciando le valli quasi spopolate. A quell'altezza, avevano imbrigliato ogni fiume, ogni laghetto, ogni ruscello in enormi contenitori sotterranei, perfettamente isolati dal punto di vista termico, in modo da evitare l'evaporazione, e così riuscivano ad approvvigionarsi d'acqua senza eccessivi affanni. Sebbene gli spazi della loro famosa democrazia si fossero ridotti, le loro istituzioni non si erano sfaldate e continuavano a essere organizzatissimi. Anni prima, quando si era formata l'Unione europea del Nord, che aveva abbandonato a sé stessi i paesi mediterranei e stabilito i propri confini lungo quelli della Germania meridionale, le pressioni dei migranti avevano costretto gli elvetici ad aprire un corridoio umanitario che, attraverso Chiasso, Bellinzona e il cantone di San Gallo, portava fino al vecchio territorio del Liechtenstein e al lago di Costanza. Poi, che se la sbrigassero i tedeschi... Per fortuna, quel corridoio era stato lasciato in vita anche adesso che, dopo la desertificazione della Francia e della Germania centrali e l'inabissamento quasi totale dell'Olanda, l'Unione del Nord aveva arretrato le proprie frontiere allo Skagerrak e al mar Baltico. Di lì, era ancora possibile passare con un minimo di sicurezza, evitando le bande di predoni in agguato sulle Alpi. E loro, se volevano conservare qualche speranza, dovevano ottenere a tutti i costi il permesso di transito.

Una voce gracchiante li fermò a una cinquantina di metri dal confine.

«Alt!»

Dalla casamatta non uscì nessuno. La capoposto li doveva stare osservando dall'interno. Sentirono soltanto la sua voce che li interrogava da un altoparlante: quanti erano, da dove venivano, cosa erano disposti a offrire in cambio del diritto di passaggio... Era una voce calma, neutra, ma sembrò innervosirsi quando non seppero specificare esattamente il loro numero.

«Com'è possibile che non sappiate neppure quanti siete?»

«Parecchi sono morti nel cammino» rispose Rocío, «tenere bene il conto non è facile...»

Un silenzio cattivo come un pugno invase l'aria; sembrava una polvere sottile, quasi invisibile. Per un minuto o due rimasero con gli occhi fissi sulle mitragliatrici delle casematte, mentre il caldo, le montagne aride, il cielo senza una nube erano una colla densa che si appiccicava a ogni loro gesto. Poi, dalla coda del gruppetto, qualcuno sbottò. Era Livio.

«Ma insomma, basta... Venite voi a contarci, se volete.»

Yasmina, Ursula e Rocío si irrigidirono, pronte a ricorrere alle armi, però a quel punto, dall'altoparlante, la voce ricominciò a gracchiare.

«Allora sì, d'accordo, vi conteremo noi mentre passate... Se poi, lungo il percorso, ci saranno morti, malati gravi, un ferito che non può più camminare, ci avviserete subito. È nel vostro interesse: tanti ne entrano, tanti dovranno uscirne. Non vogliamo imbucati o clandestini. Ora occupiamoci dei tipi di valuta: noi accettiamo rubli, dollari canadesi e corone scandinave.»

Pur sempre svizzeri, nonostante tutto. Dopo tre quarti d'ora di contrattazioni, si misero d'accordo per duecento corone a persona e cinquecento razioni alimentari.

«E verrà a consegnarcele il vecchietto, quello in fondo al gruppo» ordinò la voce. «A partire da domani, avete tre settimane per uscire dal nostro territorio. Adesso andate.»

Stop. Fine delle trasmissioni. Ripresero in silenzio la strada verso il campo, le facce cotte dal sole, le labbra screpolate, la pelle rovente di sudore, gli occhi bui come l'inchiostro, le guide sempre in testa e Livio che arrancava dietro.

« Adesso mi lasciate o no pisciare? » urlò.

« Quando arriviamo ai carri di filtraggio » gli rispose Ursula. « Ricorda: niente sprechi. »

Nella penombra, con il fango alle ginocchia, la vide in un magazzino di piazza Mercato. Insieme a Víctor, Livio stava cercando di portare fuori dei sacchi di granaglie per farli asciugare, mentre Leila si era arrampicata su uno scaffale per controllare il contenuto di un paio di scatoloni. Un fascio di luce sporca, fumosa, s'infiltrò dalla bocca di lupo e le illuminò il volto: era tutta zigomi, sfavillio degli occhi, capelli neri e stanchezza, ma a Livio quel viso sembrò straordinariamente aperto, incapace di seconde intenzioni. Appena si liberò dei sacchi, si passò più volte l'anulare e il mignolo sulla fronte, come faceva ogni volta che qualcosa lo turbava, poi tornò dentro, immergendo gli stivali di gomma nel fango.

« Hai bisogno di una mano? » le chiese.

Una lunga asse di legno che era stata trascinata via dall'acqua, adesso era scivolata di lato e premeva sugli scatoloni, impedendo a Leila di raggiungerli.

« A te cosa sembra? » sibilò lei, ansimando per lo sforzo di spostarla.

Era mercoledì. Il sabato, allo spettacolo di una compagnia algerina, Livio allungò di soppiatto il braccio sullo schienale della poltrona e le appoggiò una mano sulla spalla. Lei continuò a fissare il palcoscenico. Dopo l'intervallo, quando le luci si spensero di nuovo, lui si sporse goffamente di lato e la baciò. Lei affondò la mano nei capelli sulla sua nuca, poi glieli tirò fino a fargli male. Quando uscirono, una grande luna piena brillava in cielo, giallognola, acquitrinosa. Presero la Funicolare Centrale e scesero al Petraio. Il quartiere era immerso nella penombra, solo un lampione ogni tre era acceso a causa del razionamento energetico. Lui la riaccompagnò a casa tenendola per mano. Sotto al portone la baciò di nuovo e la fissò.

«A cosa pensi?» le chiese.

Lei sentì addosso il suo sguardo e ci si lasciò scivolare dentro. Scosse appena la testa, come se i suoi pensieri non valessero un soldo bucato.

«Non farmi mai del male» sussurrò, prima di salutarlo con un altro bacio.

Da allora, diventarono inseparabili. Leila era figlia di rifugiati siriani, sbarcati in Italia durante la loro prima guerra civile. Erano arrivati su un barcone, quando ancora la Marina italiana cercava di raccogliere quei disperati prima che affogassero. Leila aveva quattro anni e il fratello Ahmed sei. Avevano vissuto per un anno e mezzo in uno squallido campo di accoglienza, dove la madre si era gravemente ammalata. Poi, finalmente, la loro richiesta di asilo politico era stata accolta e la famiglia aveva cominciato a rifarsi una vita. Un lontano parente li aveva ospitati a Napoli e Baasim, il padre, era riuscito a mettere su un negozietto di alimentari al Vomero. Le cose sembravano volgere al meglio, quando la madre era morta per le conseguenze dell'infezione contratta nel centro di accoglienza. Ahmed, allora, si era messo ad aiutare il padre in negozio, mentre Leila era riuscita a iscriversi all'università, dove studiava fisica. Nessuno di loro, tranne forse Baasim, aveva troppa nostalgia di Damasco o di quello che ne restava. Erano una famiglia cordiale e allegra, che Livio imparò ben presto ad amare, sebbene non si trovasse a proprio agio con le idee islamiche, per quanto moderate, del padre. Ma ormai bisognava adattarsi: ogni anno centinaia di migliaia di persone, sfuggendo alla vigilanza degli incrociatori europei, sbarcavano sulle spiagge delle coste meridionali del paese a bordo di motoscafi e pescherecci sempre più scalcagnati, e rimanevano come imprigionati nel Sud Italia visto che i paesi del Nord si rifiutavano di accoglierli; sotto la loro spinta, Napoli era diventata una città profondamente multietnica, dove i gruppi dei locali e degli immigrati spesso si combattevano per il controllo di un territorio sempre più impoverito e precario.

Era difficile viverci, ancora più che in passato. Eppure Leila e Livio, determinati e concentrati sui loro studi e sui loro affetti, ci riuscirono, e si laurearono a pochi mesi di distanza. Poi dovettero separarsi per la prima volta: lui andò a specializzarsi in neuroscienze alla Sissa di Trieste, lei vinse un dottorato sulle dimensioni extra che la portava per lunghi periodi al Cern di Ginevra. Quando potevano, nei fine settimana si incontravano a Milano, a metà strada, anche se spesso non avevano nemmeno i soldi per un alberghetto. Allora giravano mano nella mano per il centro, poi, prima di riprendere il treno, s'infilavano in qualche bar per ripararsi dal freddo o, d'estate, per trovare il sollievo di un po' d'aria condizionata. Almeno, prima che la vietassero.

Ma anche quei tre anni passarono e loro, intanto, erano diventati promettenti studiosi. Avevano pubblicato articoli molto apprezzati e conosciuto colleghi di tutto il mondo. Tanto brigarono che riuscirono a ottenere entrambi una borsa di postdottorato a Stanford, lui al Neurosciences Institute, lei al Dipartimento di Fisica. L'Università avrebbe perfino pagato i loro costosissimi biglietti aerei. Solo Baasim non la prese bene. Come se la possibile separazione dalla figlia avesse tolto il tappo che aveva imposto ai suoi pensieri da quando era arrivato in Occidente, cercò di opporsi in tutti i modi alla loro convivenza nel peccato, a quel viaggio nella patria del demonio. Leila, però, fu fermissima. L'ultimo mese prima della partenza andò a vivere anche lei dai genitori di Livio e ruppe con il padre. Quando atterrarono al nuovo aeroporto internazionale di San Francisco, appena inaugurato, era il 7 settembre del 2038.

L'ombra del carro cadeva su di loro come uno scroscio fresco. Per Livio e Marta, che non appartenevano alle squadre degli addetti all'acqua, quello era un giorno più o meno di riposo. Livio aveva fatto lezione di mattina, tornato dalle trattative con gli svizzeri, e Marta aveva già finito il turno di raccolta. Si erano incontrati alla coda per il cibo, poi si erano accucciati dietro il carro dei tendoni, fissando quel pendio spettrale che s'inabissava tra le montagne che lo circondavano.

«Lei era sempre in quarta o quinta fila, sulla destra, non è vero?» Il giorno prima, mentre camminavano, di colpo Livio si era ricordato di quella studentessa riccia e sbarazzina che tanti anni prima seguiva le sue lezioni di neurobiologia. «Prendeva meticolosamente appunti, faceva spesso domande non banali... E poi, a metà corso, all'improvviso non si è vista più, è sparita.»

Marta annuì e si abbracciò le gambe con le braccia, poi appoggiò il mento alle ginocchia.

«Un'idiozia. Un uomo. Ma bello come il sole. Era di quelle sètte cristiane delle origini, ha presente? Dàgli e ridàgli, mi sono immaginata che quella fosse anche la mia strada. E l'ho seguito. Due anni nel deserto di Atacama e tre in un villaggio boliviano dimenticato dagli uomini e da Dio a predicare l'amore per il prossimo. A un certo punto, non ce l'ho fatta più e l'ho piantato. Sono tornata qui, in Europa. Ho chiesto una procedura rapida di gravidanza programmata con donatore ignoto, ho scelto, come quasi tutte, di avere una bambina, e adesso eccoci qua, con Sara...»

Livio scosse la testa.

«Peccato...» mormorò, fissando, in lontananza, il punto esatto in cui la terra scompariva nel tremolio dell'aria. Lei si voltò di colpo.

«Peccato cosa?»

«Che lei non abbia proseguito con gli studi...» spiegò Livio, ma subito sbuffò, smanacciò in aria, come per liberarsi di una mosca, della frase detta, dei suoi stessi pensieri. «No, no, mi scusi. Ha ragione. A cosa le sarebbe servito?»

«Già, non mi sarebbe servito proprio a niente.»

Si guardarono attorno: di fronte avevano il paesaggio spettrale del lago ormai scomparso, mentre accanto a loro c'erano migliaia di persone dal destino incerto, avvolte nella polvere, stanche, affamate, tormentate dalla sete e dalle mosche, che combattevano per un po' di vita, o per qualcosa che le assomigliasse.

«È ridicolo» disse Livio, scuotendo di nuovo la testa. «In questo scatafascio, noi siamo qui a chiacchierare dandoci del lei, come se tutto questo non fosse mai successo, come se...»

Marta annuì. E sorrise. Appoggiò anche lei la schiena al carro.

«D'accordo, allora: diamoci del tu. Lo sai? Ricordo ancora benissimo le tue lezioni, quando dicevi che il nostro cervello non registra fedelmente la realtà, ma la ricostruisce, in qualche modo la crea... Dicevi che c'è qualcosa, là fuori, ma che la sua struttura è costruita dai nostri neuroni, che la elaborano a partire dalle percezioni e poi ce la raccontano a modo loro... Ecco, a volte spero che tutto questo» Marta allungò in avanti il mento, per indicare ciò che li circondava «non sia davvero la realtà, ma solo una nostra costruzione, una storia che ci siamo inventati, un nostro incubo...»

«Purtroppo, qualcosa là fuori esiste davvero» disse Livio, con uno sguardo dolce, venato di tristezza, che aveva ripescato da qualche remoto pantano della memoria. «Noi le diamo colori e sapori, che in realtà non esistono, la rielaboriamo in uno spazio tridimensionale, che quasi sicuramente è solo un'illusione, e dentro un tempo che procede inesorabile dal passato al futuro, che con ogni probabilità non è reale. Eppure questa è l'unica maniera in cui il mondo là fuori può essere capito da noi, perché l'evoluzione ci ha formati così e non in un altro modo... Magari quel qualcosa non è come noi ce lo rappresentiamo, eppure qualcosa, alla fin fine, esiste. E temo, almeno nelle conseguenze, che sia abbastanza simile a quello che stiamo vedendo... »

« Mamma, è da un'ora che ti sto cercando... » Era irritata, Sara, sbucata all'improvviso di fronte a loro. Meglio: era spaventata. « Ci hanno chiamate a rapporto dalle guide... »

« Le guide? » chiese Marta.

« Sarà per la colletta » le tranquillizzò Livio. « Gli svizzeri pretendono un pedaggio. Soldi, ne avete ancora? »

Sara guardò fiduciosa la madre, ma lei scosse la testa, socchiudendo gli occhi. Forse si vergognava.

« No » mormorò, « quelli che avevo li ho usati per pagare il viaggio. Ora non mi è rimasto quasi nulla. »

Livio sospirò e guardò la donna e la ragazza. Fisicamente, a parte i ricci, non si assomigliavano granché, ma c'era qualcosa che le univa più in profondità, un velo di tristezza negli occhi vivaci, quel mento orgoglioso, quell'andatura da leonessa pigra. Allungò la gamba destra, piegando il busto di lato, e s'infilò la mano in tasca. Ne tirò fuori una custodia di cuoio logoro, la aprì digitando la combinazione e ci frugò dentro. Nella mano che subito dopo tese verso Marta c'era qualche banconota spiegazzata.

« Corone scandinave » disse. « Dovrebbero essere sufficienti. »

« No, no, non posso accettare. »

Lo disse in fretta, mettendo le mani avanti e scuotendo di nuovo la testa, mentre la figlia la guardava con gli occhi sbarrati.

« E cosa vuoi fare, allora? Restare qui con Sara? »

Livio non aveva detto « qui a morire », ma era come se l'avesse fatto. La morte, per tutti loro, era una linea sottile sulla quale non potevano fare altro che camminare in equilibrio precario. E Marta se ne rendeva conto. Annuì.

« Va bene, grazie, però ti giuro che... »

« Sì, sì » la interruppe Livio, « tranquilla, non ti preoccupare. »

Marta si alzò e si spolverò il fondo dei pantaloni con le mani aperte.

« Grazie » sussurrò Sara.

Livio le guardò allontanarsi fra la gente stravaccata a terra, fra zaini, brande, carri e polvere, sotto la luce tenace che spioveva dal cielo, livida come una radiazione maligna. Rimase lì, con l'afa che gli afferrava i bronchi, a guardare il sole che calava e screziava di bagliori cremisi e verdastri l'orizzonte. Quando, mezzo assopito, chiuse gli occhi, lo assalirono lampi di ricordi, precisi e rapidi come traccianti sparati nella notte: la voce nitida di Leila che lo chiamava per la colazione una mattina a Napoli, il sole che filtrava dalle imposte in una stanza d'albergo a Mahahual, in Messico, gli occhi di Dexter Gómez che gli batteva la mano sulla spalla, il vento sul Grand Canyon, la mano di Matías, solo la mano, sopra il manubrio della bicicletta davanti alla Bing Nursery di Stanford... Però il suo corpo arido non aveva più lacrime per piangere.

Prima di tutto, dovettero imparare in fretta e furia lo spagnolo: a parte l'università, nessuno più parlava inglese per la strada. Ora la Grande Barriera, un recinto elettrificato e sorvegliato da uomini armati di lanciarazzi e telecamere, disseminato di mine antiuomo, correva dai sobborghi di San Diego per il deserto dell'Arizona fino al Río Bravo in Texas, lungo tutta la frontiera messicana: erano davvero pochissimi quelli che riuscivano a superarla; fino a poco tempo prima, però, circa mezzo milione di messicani e centroamericani arrivava ogni anno negli Stati Uniti, in fuga dalle terre che la siccità trasformava in polvere, dalla fame, dalle ribellioni, dalle epidemie, dalla violenza delle metropoli cresciute a dismisura, dall'assenza di ogni legge in territori enormi. E così, quando Livio e Leila erano sbarcati a San Francisco, ormai un cittadino statunitense ogni quattro era di origine ispanica, mentre negli stati di frontiera, dove la loro concentrazione era maggiore, i *latinos* costituivano quasi il settanta per cento della popolazione. E non sempre convivevano in tranquillità con le altre etnie, specie dopo la costruzione della Grande Barriera.

All'università, i due italiani vennero accolti benissimo: ebbero in assegnazione un piccolo trilocale nel campus, furono invitati subito a un paio di feste e ricoperti di attenzioni dai colleghi, ma soprattutto, con loro grande sorpresa, vennero destinati ai gruppi che lavoravano nelle ricerche più di punta, guidati dalle *star* di Stanford: il neurobiologo Dexter Gómez e il premio Nobel per la fisica Andrea Svensson. L'unico problema, almeno all'inizio, fu quello di adattarsi alle severe restrizioni idriche: l'acqua potabile e per l'igiene personale era rigidamente razionata, oppure venduta a prezzi irraggiungibili dalle compagnie private, mentre quella per l'irrigazione era addirittura vietata. Perciò, i prati del campus erano completamente scomparsi, incluso quello del famoso Oval, e lungo le strade cittadine resistevano soltanto le palme più anziane, mentre parecchi colleghi erano più famosi per i loro olezzi che per le loro attività scientifiche o didattiche. Ma Livio e Leila si abituarono in fretta. Del resto, la situazione era quella che era, e non consentiva alternative.

Già da tempo la California aveva eliminato tutti i combustibili fossili. Era lo Stato all'avanguardia contro il riscaldamento del clima e questa era l'immagine di sé che forniva al mondo. Eppure, evidentemente, quelle misure non erano bastate: per motivi geografici, se la temperatura media mondiale era salita di due gradi, quella della California era aumentata di quattro. Salvare l'agricoltura della Central Valley, l'«insalatiera» degli Stati Uniti, dove si coltivava metà degli ortaggi del paese, era diventato l'obbiettivo primario. L'acqua della valle, infatti, proveniva dalle nevi in disgelo della Sierra Nevada, ma adesso sulle montagne non c'era più neve: cadeva sotto forma di pioggia in inverno e in gran parte evaporava, perciò d'estate i fiumi usati per l'irrigazione si prosciugavano. Siccome anche i fertili altopiani a ovest del Mississippi risentivano della diminuzione delle precipitazioni, gli Stati Uniti erano ancora in grado di nutrire i loro abitanti soltanto perché il granaio del Nord Ovest continuava a essere produttivo grazie ai massicci quantitativi d'acqua estratti dai Grandi Laghi o dall'immensa falda freatica dell'Ogallala, che però si stava esaurendo. Invece, per i venti milioni di persone che ancora resistevano a Los Angeles, San Diego, Phoenix e Las Vegas, l'unica fonte d'acqua era il Canada. Decine di navi cisterna facevano la spola tra i porti della California meridionale e le foci dei fiumi canadesi sulla costa del Pacifico o su quella artica, ormai libera dai ghiacci per quasi tutto l'anno, e in un modo o nell'altro le città tiravano avanti.

A San Francisco, comunque, la situazione era un po' migliore. Lì, il nemico principale era il mare che s'innalzava e strappava la costa agli abitanti. La prima domenica libera, subito dopo aver contemplato per la prima volta lo spettacolo del Golden Gate quasi a pelo d'acqua, Livio e Leila andarono a East Palo Alto a vedere la Bayshore Freeway quasi impraticabile, le cime scheletrite degli alberi del Baylands Park che emergevano dal mare, il piccolo aeroporto di Santa Clara e il campo da golf sommersi, con la torre di controllo che svettava nell'acqua e la Club House che spuntava soltanto da metà del primo piano. Anche il vecchio aeroporto internazionale, dalle parti di San Bruno, era stato quasi completamente inghiottito dal mare, tanto che avevano dovuto costruirne un altro, quello in cui i due italiani erano atterrati. Per fortuna, le vittime causate dall'innalzamento del livello delle acque della baia erano state poche. Già dall'inizio del secolo, infatti, San Francisco aveva sperimentato un tipo di asfalto poroso che accelerava il deflusso dei liquidi, mentre molti terreni edificabili erano stati espropriati ed erano state vietate nuove costruzioni nelle aree vicine a mari, fiumi e laghi. E adesso la città era tutto un cantiere di opere di consolidamento delle coste, mentre qua e là spuntavano dighe che consentivano di regolare l'afflusso delle acque.

Per il resto, la loro nuova vita negli Stati Uniti era esaltante. Non avevano mai lavorato tanto: con tanto impegno, ma neppure con tanta soddisfazione, anche se, con tutti quei problemi, nemmeno Stanford era più quella di una volta. Comunque, abituati alle trafile burocratiche italiane ed europee, necessarie per ogni nonnulla, lì ogni cosa sembrava fin troppo facile. Nemmeno tre mesi dopo il loro arrivo, Livio stava già impostando un sottogruppo di lavoro per continuare le sue ricerche sui meccanismi narrativi del cervello, mentre Leila era diventata la vice-responsabile delle dimensioni extra al SuperSlac, l'acceleratore lineare più potente del mondo. Non stavano nella pelle. Scrivevano mail entusiaste o raccontavano con le console 3D la loro nuova vita agli amici, ai colleghi, ai genitori di Livio. In fondo ai messaggi per Ahmed, Leila aggiungeva sempre rispettosi e formali saluti per il padre. Ma il vecchio Baasim non rispondeva mai.

Erano mille, duemila, forse più, tenuti sotto tiro dalle guide. Erano stanchi, ricoperti di polvere, affamati. Erano quelli che non sarebbero partiti, quelli che non avevano i soldi del pedaggio. Quelli da abbandonare. Oltre le armi puntate su di loro, oltre le tute azzurre, vedevano sfilare la colonna verso le casematte del confine, illuminate dalla cicatrice malva appena disegnata tra le montagne e il cielo.

Adesso Marta e Sara erano nella fila proprio dietro Livio. Lui si voltò con un sorriso stampato sulla faccia per rassicurarle e quando si girò di nuovo, da dietro il cordone delle guide lo fulminò lo sguardo di un bambino: impolverato, con gli abiti sdruciti, si aggrappava alla gamba di suo padre e lo fissava, la faccia seria, combattuta tra rabbia e delusione. Sapeva che restava lì a morire?

Quel viso e quello sguardo lo inseguirono per ogni istante dei due chilometri che mancavano al confine, fin quando Irina non lo chiamò fuori dalla fila. Livio abbracciò Aziz e la signora Vargas, scompigliò i capelli di Miguel, poi salutò Marta e Sara.

« State tranquilli, ci vediamo dopo. »

Soltanto allora, mentre seguiva Irina risalendo la colonna, gli occhi di quel bambino si acquattarono in qualche neurone della memoria a lungo termine e sparirono momentaneamente dalla sua coscienza, sostituiti prima dalle scarpe che passo dopo passo affondavano nella polvere biancastra, poi dai pensieri che immaginavano il futuro: quello immediato, prossimo; quello dove Rocío gli si parò davanti all'improvviso, ti senti pronto, allora?, quello dove Yasmina gli consegnò il carretto con le razioni e i soldi, quello dove s'incamminò verso le casematte, dove la voce della capoposto partì come uno sparo dall'altoparlante.

« Alt! »

Due doganiere fecero scorrere le cancellate e lo raggiunsero per perquisirlo, poi gli ordinarono di entrare e richiusero la recinzione dietro di lui.

Fuori, il sole era già alto quando una soldatessa in mimetica lo raggiunse nella stanzetta in cui lo avevano messo ad aspettare. Il tempo, per lui, era diventato un triste torpore, uno sgocciolio monotono e vuoto.

« A noi risultano 28.087 quote. È esatto? »

« Sì, più o meno » improvvisò.

« Apriremo tre varchi, da dove si passerà uno alla volta, così potremo verificare con i contapersone. E vi consegneremo un cartoncino giallo numerato che dovrete restituire all'uscita dal paese. Vogliamo file ordinate, senza ressa. Pensate di riuscirci? »

Livio annuì, sfatto dal caldo e dalla stanchezza. « E i carri? » chiese.

« Passeranno di qui, da dove è entrato lei. Due persone per carro, non di più. »

L'ultimo della lunghissima colonna superò il varco

verso le quattro e mezzo, mentre la testa aveva già raggiunto ciò che restava del lago di Lugano. Ci fu soltanto un piccolo incidente quando gli svizzeri bloccarono un'ottantina di persone.

« Basta, finito » dissero. « Voi siete fuori quota. Dovete ritornare indietro. »

Urla, spintoni, insulti. Le guide, allora, caricarono gli esclusi sugli ultimi carri e oltrepassarono la cancellata spianando le armi. E a quel punto i doganieri decisero di chiudere tutti e due gli occhi. Soltanto allora a Livio fu consentito di lasciare la stanzetta e ripartire. Inseguì gli altri da lontano, solo, mentre il sole si avviava ansimando a tramontare. A mezza costa, sui fianchi delle montagne che chiudevano la valle, ogni tanto scorgeva le sentinelle svizzere che li sorvegliavano dall'alto. E continuava a camminare. Rivide Marta, Sara, Aziz e la signora Vargas con Miguel soltanto verso sera, quando la colonna si accampò prima del ponte sul lago di Lugano e lui poté tornare alla sua unità. Il vecchio Aziz aveva acceso un piccolo falò con dei legnetti secchi e raccontava storie a un gruppo di ragazzi. Forse, arrivati in Svizzera, le guide si erano sentite più al sicuro e avevano permesso di accendere dei fuochi. Ora nella vallata erano sparsi decine di puntini tremolanti, tenui pozze di luce in mezzo al buio. Livio spiegò la branda accanto al fuoco, ci si sdraiò e chiuse finalmente gli occhi.

« E allora il tempo » stava dicendo Aziz « si accartocciò come una foglia secca. E il vecchio crollò a terra, morto. »

Cazzo di storie, che raccontava Aziz. C'erano sempre

un uomo col peso di una colpa, una donna bellissima e perversa, la punizione immancabile dal cielo. Però ai ragazzi sembravano piacere: sarà stato perché le raccontava bene, volevano che Aziz non la smettesse.

«E dài, ancora un'altra...» lo incoraggiò Miguel.

E Aziz ricominciò, con la sua voce rauca, socchiudendo gli occhi, le mani scarne che con ampi gesti disegnavano in aria quella voce.

Lì accanto, Livio guardò le luci sparse nella valle, come un enorme specchio che rifletteva le stelle che non c'erano, poi si tirò la coperta sulla testa e cercò inutilmente di dormire.

I fine settimana esploravano i dintorni, Sausalito, Moss Beach, Bolinas Bay, oppure, molto spesso, rimanevano in laboratorio. Adoravano quei sabati al lavoro, senza la console che friggeva di chiamate, senza gli altri colleghi tra le scatole, quel silenzio e le stanze quasi vuote, concentrati su formule e tracciati.

A Leila e al suo gruppo sembrava di essere quasi sul punto di scovare, tra i milioni di collisioni del SuperSlac, le sfuggentissime particelle di Kaluza-Klein, le «impronte» lasciate da un universo a più dimensioni nel nostro mondo. Livio, intanto, continuava a confrontare migliaia di immagini optogenetiche e di mappe cerebrali, a studiare la distribuzione e l'intensità dei potenziali d'azione nei neuroni, ad approfondire le sue ricerche sulla biologia quantistica, a sottoporre ai test centinaia di persone, avvicinandosi sempre più alla comprensione di come il cervello ricostruisse la realtà, raccontandola a partire dagli stimoli dei sensi. Tempo prima, era partito dalla constatazione che l'uomo è l'unico animale che non può fare a meno dei racconti, in tutte le loro forme, che ne produce e ne consuma a dismisura da quando è un cucciolo fino al momento della morte, che lo fa perfino quando dorme o sogna a occhi aperti. Quella predisposizione non poteva essere un lusso, un'attitudine nata in maniera casuale, un piacevole errore. Se fosse stato così, la logica utilitaristica dell'evoluzione l'avrebbe ben presto eliminata dalla vita umana, non potendo permettere un simile spreco di tempo ed energia. Doveva dipendere da qualcosa di più profondo. E infatti, gli studi di Livio avevano già dimostrato che, in qualche modo, ricreando la realtà, il cervello la inventa, anzi: la racconta, proprio come uno scrittore concepisce un romanzo e un lettore lo decifra, presentandola poi sotto forma di narrazione al nostro *Io*. Che, a sua volta, è anch'esso un racconto, un'illusione elaborata dal cervello di ciascuno di noi. Un'illusione « reale », ma pur sempre un'illusione. Livio aveva anche dimostrato che la nostra stessa memoria non è che una narrazione elaborata processando i ricordi, ma è tutt'altro che un resoconto obbiettivo. Quando noi raccontiamo la nostra vita, quando la ricordiamo, aveva scritto in un suo ormai famoso *paper*, dovremmo sempre far scorrere sulla nostra fronte la scritta: « Questa storia che racconto su me stesso è solo *tratta* da una storia vera. Sono in larga parte io stesso un frutto della mia immaginazione ».

Insomma, per lui il cervello era evolutivamente predisposto alla « forma racconto » perché questo gli consentiva anche di immaginare e prevedere, nei limiti del possibile, il futuro. Restava solo da capire nei dettagli il procedimento grazie al quale il cervello *faceva* tutto questo. E Livio, in quei mesi a Stanford, avanzava a grandi passi verso quell'obbiettivo.

Naturalmente, non tutto era lavoro. Anche nei fine settimana più intensi, nel tardo pomeriggio si trovavano al Cool o al Bookstore Cafe con qualche amico, Lucy, Nasir, Mercedes, e poi finivano in una saletta dell'Auditorium a vedere due o tre puntate di una serie in realtà virtuale o a cena da qualcuno. A volte, a quelle cene, c'erano Dexter Gómez con il suo compagno, Julio, o ci faceva capolino anche Andrea Svensson. Gómez era bassino, scuro, riservato; interveniva raramente nelle conversazioni, ma quando lo faceva non diceva mai nulla di banale. Svensson, invece, nonostante l'aspetto un po' slavato, da massaia scandinava in vacanza, con le sue camicette a quadri e i mocassini sformati, era un vulcano sempre in eruzione: appassionata di letteratura e di filosofia, buona pianista, caustica, brillante. Se Gómez, in politica, si poteva definire un *liberal* molto tiepido, Andrea era una radicale esacerbata, ma tanto intelligente e ironica da non finire mai sopra le righe. Leila l'adorava, anche se sospettava che tutta quell'estroversione fosse soltanto un modo complicato per tenere gli altri un po' a distanza, fuori dal cerchio di gesso della sua vera intimità. E tuttavia, per Livio e Leila, giovani com'erano, quello era un gruppo molto stimolante, in cui potevano ritrovarsi a parlare di boxe o di politica, dei problemi del clima o di poesia, dell'ultima serie in produzione o di Matisse, con una curiosità per il mondo degna del primo giorno della creazione. Erano fortunati: Stanford era come un'isola, e qui e là, lontane, ne intravedevano altre affiorare sull'oceano. Però sapevano di essere antiquati, di coltivare interessi in estinzione, di amare cose che la gente ormai ignorava o disprezzava: il mondo intorno a loro andava da tutt'altra parte, e non potevano certo gioirne. Si riunivano, ne discutevano, organizzavano presentazioni di libri o conferenze, ma in fondo erano consapevoli che la loro era una battaglia persa. Eppure, fin quando c'erano le gite al mare o le visite ai musei in comitiva, le escursioni al Grand Canyon o le vacanze tutti insieme in Messico, le chiacchiere al caffè, le musiche, i romanzi, le cene da Mercedes, il Rothko nel salotto di Nasir, tutto sembrava ancora come prima, tutto sembrava ancora limpido e possibile.

Ci misero diciannove giorni a traversare il territorio svizzero. A parte la giornata spesa per caricare pochi carri d'acqua nella palude smunta e puzzolente a cui si era ridotto il lago di Lugano, procedettero in fretta e senza grandi intoppi. Costeggiarono città deserte e paesi abbandonati, dove di tanto in tanto gruppi di sbandati si affacciavano minacciosi dai portoni divelti e dalle finestre sfondate, oppure li seguivano implorando da bere e da mangiare.

«Chi sono?» chiese la signora Vargas. «Perché non se ne vanno anche loro lassù in alto?»

La valle lungo la quale procedevano era completamente brulla, avvolta in un calore secco, un'estensione ostile di terra sterile, quasi sabbia, con qualche arbusto qua e là, ma da lì in basso si vedeva bene la larga fascia verde di prati e boschi oltre una certa quota. Lì c'era l'acqua, lì c'era la Svizzera. Lì c'erano i soldati armati fino ai denti che presidiavano i suoi confini veri. Più in alto, invece, solo cime spoglie, senza più ghiacciai, e ormai inutili pale eoliche in fila sui crinali.

«Non possono» sibilò il vecchio Aziz. Tutti aspettarono che continuasse, ma lui guardò lontano, verso l'imboccatura della valle, e non aprì più bocca.

«Sono saccheggiatori, ladri, delinquenti...» spiegò allora Livio. «Invece di metterli in prigione, li lasciano a morire nelle valli.»

Però non furono mai pericolosi. Due fucilate in aria delle guide bastavano a tenerli un po' a distanza, intimoriti. Si limitavano a seguirli, a scavare nelle fosse di quelli che le squadre smaltimento seppellivano dopo aver recuperato il cartoncino giallo, e a saccheggiare il poco che restava sui cadaveri. Così, con quella specie di inoffensiva coda che le andava dietro come un'ombra, la carovana raggiunse Bellinzona, poi piegò a destra risalendo la valle del Moesa, quindi si arrampicò su e giù per i tornanti del San Bernardino, dove trovarono ancora un paio di ruscelli ridotti a un filo d'acqua, finché non risbucarono in una valle, quella dell'Hinterrhein.

E lì, una mattina, più o meno verso Medels, durante la sosta per il pranzo, all'improvviso Aziz alzò la mano destra con il palmo aperto. Tacquero tutti, trattenendo il fiato, mentre il vecchio increspava le rughe della faccia e si portava l'indice in verticale sulla bocca. Poi, lentamente, si frugò nel taschino e tirò fuori una cordicella con in fondo un cappio. Il movimento fu così veloce che quasi non si vide: Aziz si chinò di lato, infilò il cappio al collo di un serpente nascosto in una buca e gli schiacciò la testa con un sasso. Sara, che era seduta a terra, si tirò indietro puntellandosi sulle mani aperte e cacciò un urlo; Miguel si avvinghiò subito alla madre, ma dopo, quando lo vide morto sulla terra secca, applaudì e sorrise. Era lungo un'ottantina di centimetri, di un grigio chiaro con una striscia a zigzag più scura lungo il dorso.

«Gesù, una vipera» disse la signora Vargas.

«Una vipera, davvero? Ma non si erano estinte quarant'anni fa?» chiese Marta.

Aziz annuì serio. L'arrotolò, la mise in un sacchetto e la infilò nella tasca esterna dello zaino. Non parlò più fino a quando la colonna si fermò per la sera. Allora si sedette a terra incrociando le gambe e mandò Miguel e altri due ragazzini a cercare un po' di legna. Dopo avere acceso il piccolo fuoco, tagliò via con il coltello la testa della vipera e mise il corpo a cuocere per una ventina di minuti. A quel punto lo liberò dalla pelle, lo tagliò a pezzi e distribuì i bocconi ai bambini, che li mangiarono felicissimi.

«Però stasera niente storie» disse alla fine. Si allontanò di qualche metro con la sua branda e si stese a dormire. Non sapeva perché, ma era di pessimo umore. Avrebbe dato chissà cosa per una sigaretta. Quanti anni erano passati da quando aveva fumato l'ultimo pugno di tabacco che gli era rimasto, prima che nessuno lo coltivasse più? Provò a fare il conto, ma non ci riuscì. Non riuscì nemmeno a lasciarsi scivolare un po' nel sonno, inquieto come se lo stesse aspettando un evento imminente a cui non voleva o non sapeva dare un nome. Continuò a rigirarsi nel buio fin quando le stelle pian piano sfumarono dal cielo, lasciando il campo a una mattina grigia. Allora Aziz si alzò, ripiegò la branda e si rimise in cammino insieme agli altri.

Subito dopo Spluga, si fermarono un giorno sul cratere del Sufnersee. Era profondo, eppure ci trovarono pochissima acqua. Delusi e preoccupati perché le riserve si stavano riducendo più in fretta di quanto sperassero, ripresero la marcia, procedendo a mezza costa fino a ritrovare la vallata, mentre le squadre smaltimento dovettero cominciare a bruciare i corpi di quelli che non ce la facevano. Il Reno era ridotto a un alveo desolato, a una distesa di sterpaglie basse con qualche cactus che i più assetati assalivano sgomitando, armati di coltelli e di contenitori. Una notte, dalle parti di Reischen, furono svegliati di soprassalto da due spari secchi, seguiti da una breve sventagliata di mitra. Nel buio, Livio intravide, o sentì e immaginò, le guide correre verso la coda della colonna, che si agitava tutta come un serpente in agonia. Ma loro restarono fermi e disciplinati ai loro posti, in attesa, fiutando l'aria, finché un mormorio si trasmise di fila in fila: una decina di persone aveva tentato la fuga per raggiungere le montagne, ma le sentinelle svizzere le avevano freddate senza nemmeno intimare prima l'alt.

Non riuscirono più a prendere sonno. Il giorno dopo

superarono Thusis, Cazis, e quello dopo ancora Tomils, Chur, scheletri di paesi distesi lungo rive che non esistevano più, dove solo i cartelli stradali devastati distinguevano un gruppo di macerie dall'altro, fin quando non raggiunsero il cantone di San Gallo, e poi, un po' prima di Sargans, deviando sulla destra, costeggiarono il vecchio confine con il Liechtenstein.

Erano esausti, laceri, assetati, quando arrivarono finalmente a Kriessern. Era metà pomeriggio. Il posto di frontiera, piazzato appena prima del ponte sul Reno, non era come quello di Chiasso. Da lì nessuno entrava, a nessuno sarebbe venuto in mente di percorrere il corridoio svizzero verso sud. Perciò, oltre le telecamere, oltre le reti di recinzione che proseguivano per chilometri e chilometri a destra e a sinistra lungo l'alveo, c'era solo una casermetta di mattoni, presidiata da quattro o cinque soldatesse sudate e da una tenente stravaccata su una sedia sotto una tettoia di canne. Tutti armatissimi, quello sì.

« Niente più fuochi » avvisarono le guide che giravano in perlustrazione per il campo.

Nel buio diventato un'altra volta fitto, la notte passò inquieta. Per quanto fossero felici di avercela fatta e di poter proseguire verso il Nord, abbandonare l'oasi quasi sicura della Svizzera per ritrovarsi nelle distese aperte dell'Europa centrale metteva loro addosso un'ansia e una paura che avevano provato soltanto alla partenza, qualche mese prima.

« Non so per quanto ancora posso reggere... » mormorò all'improvviso la signora Vargas. La voce era sul punto di spezzarsi, la sua tristezza asciutta, senza fronzoli.

Steso accanto a lei, Livio cercò qualcosa da dirle, ma mentre lo faceva si scoprì quasi indifferente e se ne vergognò. Probabilmente era quella la vecchiaia, pensò: le emozioni si smorzano, i sentimenti degli altri ci sfiorano ma non ci toccano davvero, concentrati come siamo sul funzionamento dei nostri organi, sul loro equilibrio sempre lì lì per infrangersi.

«Stia tranquilla...» riuscì a borbottare alla fine. «Fra qualche giorno arriveremo al lago di Costanza, troveremo acqua, ci riposeremo...»

Lei annuì nel buio, come se Livio potesse vederla.

«Buona notte» disse dopo un po'.

Il sonno non andò più in là di una serie di torpori appiccicati l'uno all'altro alla meno peggio e l'alba li trovò già svegli, pronti ad attraversare la frontiera. Di là dal ponte, in quella che una volta era stata l'Austria, s'intravedevano soltanto polvere, sporcizia, capannoni industriali abbandonati, batuffoli di fumo sopra i campi arsi.

Sì, Stanford era come un'isola, ma non era una fortezza irraggiungibile. Già da un bel pezzo nessun posto al mondo lo era più. Ogni angolo sperduto del pianeta era connesso istantaneamente con tutti gli altri. Era tutto *qui* e *ora*, le notizie andavano e venivano alla velocità della luce. Quelle più brutte, per Leila e Livio, arrivavano dall'Italia. Víctor, Ahmed, i genitori di Livio raccontavano di un clima insopportabile, degli scaffali vuoti nei negozi perché i raccolti li bruciavano il caldo e la mancanza di piogge, raccontavano di violenze e sommosse nelle strade, di scontri tra fondamentalisti cristiani e musulmani, degli africani e dei mediorientali che ogni giorno sbarcavano a migliaia sulle coste meridionali del paese. In Sicilia e in Calabria c'erano ormai zone interamente nelle loro mani, sottratte al controllo dello Stato, dove vigeva la legge del più forte. E saltava agli occhi che il peggio doveva ancora arrivare. Il mar Mediterraneo era relativamente piccolo e poco profondo: si stava riscaldando molto, perdendo la capacità di mitigare le temperature sulla terraferma dei paesi che bagnava. E l'afflusso di clandestini dalle sue coste meridionali sembrava impossibile da arginare se non con le maniere forti. Alla Germania, alla Francia e ai paesi nordici non era bastato cancellare gli accordi di Schengen per evitare di essere invasi da quei disperati, anche se l'Unione europea aveva deciso di vendere a prezzo ridotto derrate alimentari all'Italia, alla Spagna e alla Grecia per calmare le acque. Il capitano dell'incrociatore *Ardito*, Olimpio De Falco, era diventato famoso perché era stato il primo a dover eseguire l'ordine di sparare a vista sui barconi degli immigranti. Il numero dei morti non era mai stato accertato.

«E papà come sta?» domandava Leila.

«Bene, più o meno» rispondeva Ahmed. «Però si è chiuso, molto. Esce soltanto per andare alla moschea, parla pochissimo... Anzi, più che altro borbotta, come una pentola che bolle. Ce l'ha con tutto e tutti.»

« Perché non me lo passi? »

Ahmed le rispondeva sempre che Baasim non c'era, che dormiva, che aveva mal di testa, ma Leila sapeva che il vecchio era testardo e che ce l'aveva anche e soprattutto con lei.

Non è che nel resto del mondo le cose andassero meglio. Conflitti e tensioni si scatenavano sempre attorno all'acqua: Siria e Iraq avevano attaccato la Turchia per le dighe sull'Eufrate, mentre India e Pakistan erano ai ferri corti, e tutti e due avevano armi atomiche... La riunificazione della Cina, dopo il caos dei decenni precedenti, costituiva una nuova minaccia ai confini siberiani perché i suoi terreni agricoli erano sempre più devastati dalla diminuzione delle piogge sulle pianure settentrionali e dal collasso dei maggiori sistemi fluviali. Così molti cinesi premevano ai confini della Russia, che aveva tratto i maggiori vantaggi dal cambiamento climatico e stava recuperando immense estensioni di terreno coltivabile in Siberia. Il prezzo? Un regime sempre più ancorato al nazionalismo, sempre più autoritario, dai contorni quasi dittatoriali. La parte meridionale del Bangladesh era tra le più colpite al mondo: le onde causate dall'innalzamento del mare spazzavano via grandi estensioni di terra, mentre ogni tanto cicloni devastanti provocavano decine di migliaia di vittime e di profughi. Dappertutto, la scienza e la politica non bastavano più a rassicurare, e molti, com'era da sempre accaduto in epoche dominate dalla paura, cercavano conforto nella religione. Tanto meglio se in forme estreme e fondamentaliste. Nemmeno gli Stati Uniti erano al riparo: oltre alle rivolte dei *latinos*, proliferavano sètte militanti che giustificavano tutte le calamità naturali nel nome di un Dio irato che puniva gli americani per i loro peccati, mentre la gente diventava sempre più intollerante, sempre più meschina e chiusa su sé stessa.

Leila e Livio non avrebbero potuto immaginare un mondo peggiore. Per fortuna nella loro bolla, nella loro isola, nei loro laboratori, tutto arrivava come attutito, ovattato, e riuscivano a vivere una vita più o meno normale. Solo una cosa, in quel periodo, avrebbe davvero potuto incrinarla: Livio finì a letto con Mercedes.

Lei era una bella donna sulla quarantina, di origini messicane ma *güerísima*, con i capelli biondi e le lentiggini. Una sera che Livio era andato a casa sua per confrontare i dati di un articolo che stavano scrivendo insieme, lei lo fissò con negli occhi un insolito scintillio. Era davvero bellissima, con quel collo morbido, quelle tette ancora imponenti sotto il vestito blu elettrico. Livio sorrise. Lei cambiò posizione sulla sedia, accavallando le gambe. Lui fece uno sforzo per non abbassare lo sguardo. Lei gli mise una mano fra le cosce. Lui non volle resistere.

Capitò solo un altro paio di volte. Ma Leila non si accorse mai di nulla, e a Stanford tutto continuò come prima.

Non era ancora l'alba quando incominciarono. Avvolte da una luce cupa, screziata di magenta, zolfo, rame, Rocío, Blanca e Yasmina s'incamminarono verso la casermetta. Sotto il tiro di due mitragliatrici, superarono i cavalli di frisia e i blocchi di cemento, poi consegnarono a una soldatessa i cartoncini gialli di quelli che non erano riusciti ad arrivare fino a lì. Mezz'ora dopo, ebbe inizio la lunga processione. Attraversarono il posto di blocco in fila indiana, ognuno consegnando il proprio cartoncino, mentre gli svizzeri li facevano affluire nella terra di nessuno sotto il ponte, ammassandoli sul greto del fiume, lontani dai carri rimasti sulla riva. Erano talmente pigiati uno sull'altro che era impossibile mantenere la formazione in file e unità.

«Oddìo, non ce la faccio più, sto per svenire» gli mormorò all'orecchio la signora Vargas.

Diceva sul serio. Livio riuscì ad afferrarla per le ascelle e a adagiarla lentamente a terra, poi sgomitò per crearle un po' di spazio intorno, per farla respirare. Era pallidissima, aveva la fronte umida, il naso affilato, le guance incavate, lo sguardo senza luce e la pelle che pareva dipinta sulle ossa. Per qualche istante, a Livio sembrò che il suo teschio, quello nascosto dietro il volto, quello che prima o poi la signora Vargas sarebbe inesorabilmente diventata, si affacciasse a spiare di sfuggita nel mondo dei vivi. Poi, per fortuna, vide la sua lingua gonfia passare e ripassare sulle labbra secche e screpolate. Acqua, un po' d'acqua, presto. Fu Aziz, sbucato da chissà dove, a darle la mezza razione che gli era rimasta. Gliela versò lentamente in bocca e nelle pupille della signora Vargas passò qualche barlume fugace.

«Dov'è Miguel?» bisbigliò.

Fu proprio allora che spuntò suo figlio, facendosi largo tra le gambe della gente, smuovendo nuvolette di sabbia biancastra che i raggi bassi del sole alle loro spalle trasformavano in un velo. Livio lo vide avvicinarsi avvolto in un alone, inginocchiarsi a terra e abbracciare la madre. Poi dietro a lui sbucarono anche Marta e Sara. Martelli, il tizio biondo della fila dietro, si offrì di darle anche lui un po' d'acqua, e la signora Vargas sembrò pian piano riprendere colore.

Erano ancora lì, sul greto, due ore e mezzo dopo, quando Yasmina diede l'ordine di marcia.

«Signora, ce la fa?»

«Sì, credo. Tranquillo, ora mi alzo.»

Furono quasi gli ultimi a partire, con la signora Vargas sorretta da Miguel e Livio, e gli altri intorno a controllare che tutto procedesse bene. Risalito l'argine, oltrepassarono i cavalli di frisia, i blocchi di cemento e la casermetta sotto gli occhi attenti dei soldati svizzeri, poi a metà ponte praticamente si fermarono, guardando a destra e a sinistra il letto desolato, senza quasi nemmeno un filo d'acqua, di quello che era stato uno dei più grandi fiumi d'Europa. Il sole era già alto, adesso, appena oltre lo zenit, e l'aria in lontananza s'incurvava in tremolanti onde di calore. Sotto di loro, cominciavano già a sfilare i carri: passavano per un varco che era stato aperto per loro nella recinzione, discendevano l'argine sussultando, poi attraversavano il greto e risalivano dall'altra parte.

«Muoviamoci» li sollecitò Aziz, «sennò non riusciremo più a raggiungere la nostra unità.»

Invece, senza dargli retta, Livio e gli altri si fermarono a guardare alle loro spalle, all'inizio del ponte, un carro di filtraggio che si era insabbiato lungo la discesa, ostruendo il passaggio agli altri veicoli. Le celle solari sul tettuccio luccicavano alle feroci staffilate del sole, mentre una ventina di persone si dava da fare per liberarlo.

«Sono già in tanti» insistette Aziz. «È inutile stare qui. Andiamo o faremo tardi...»

Stavolta sì, si mossero. Sotto un cielo basso e molle che sembrava il tendone di un circo, percorsero l'altra metà del ponte a passi lenti, voltandosi ogni tanto per dare un'occhiata al carro bloccato sull'argine. Lo sgarbugliarono soltanto quando loro erano ormai in Austria o in quello che ne rimaneva, accampati tra magazzini e capannoni putrefatti, ciminiere mozzate e arrugginite, case in rovina, campi arsi, arbusti bassi bianchi di polvere, fermi come sudari nella luce pallida del pomeriggio, una luce da incubo, da obitorio, filtrata dal pulviscolo che fluttuava nell'aria e rendeva affannoso il respiro. Gli esploratori andavano e venivano tra gli edifici per bonificare la zona, mentre gli ultimi carri passavano il confine e decine di uomini, donne e ragazzini, con un coltello e un sacchetto in mano, si aggiravano alla caccia di iguane, lumache, scarafaggi, topi.

Fare lezione, non era proprio aria. Avevano trovato rifugio in un deposito diroccato e Livio si lasciò andare sulla branda, esausto. Accanto a lui, la signora Vargas ansimava piano, cercando di non dare troppo fastidio.

«Come si sente? Non va un pochino meglio?»

«Sì, sì, va meglio, Livio, ma adesso devo riposare. Mi dà un occhio a Miguel?»

Lui annuì e si guardò intorno: Miguel era con gli altri ragazzini ad ascoltare Aziz che forse stava raccontando una delle sue storie, Marta e Sara si erano sistemate a pochi metri da lui e fuori, oltre lo squarcio nel muro, intravedeva le Alpi che si erano lasciati alle spalle, illuminate dalla luce radente del tramonto. Il peggio, però, non era ancora passato: lontana dalle acque fredde dell'Atlantico, la Germania meridionale era devastata quasi quanto l'Italia che avevano abbandonato. Si raccontava soltanto di alcune piccole oasi sparse qua e là in qualche valle, poi, per il resto, li aspettavano ancora caldo e sete, polvere, fame e fatica. Livio chiuse gli occhi, per non far vedere agli altri che erano lucidi, per non far trapelare che in quel preciso momento gli sembrava molto più semplice non essere vivo. Due ore dopo, quando stava per cedere alla stanchezza, quando finalmente il sonno stava per rintracciarlo, sentì uno scalpiccio e la voce di Marta accanto a lui.

«Ti dispiace se mi stendo qui, vicino a te?» gli sussurrò.

Lui aprì gli occhi e si sforzò di sorridere, passandosi più volte l'anulare e il mignolo sulla fronte, poi si girò su un fianco, piantò un gomito a terra e poggiò la testa sul palmo della mano ripiegata, guardando la faccia di lei, cotta dal sole. Cercò qualcosa di intelligente e spiritoso da dirle, ma ormai ci aveva perso l'abitudine. Quello che riuscì a mettere insieme fu soltanto un altro sorriso malinconico e lento, accompagnato a malapena da un sospiro. Marta lo fissò e gli restituì il sorriso. Livio s'interessò improvvisamente a un mucchietto di calcinacci caduti accanto al muro.

«Domani arriveremo al lago di Costanza...» disse quando il silenzio cominciò a bruciargli in bocca.

Accadde molto in fretta. Quasi di colpo, Leila e Livio ebbero l'impressione che tutto stesse andando a rotoli, che i passi indietro che l'umanità stava compiendo sotto i loro occhi potessero da un giorno all'altro diventare irreversibili. Fino ad allora era stata una sensazione vaga, una confusa preoccupazione relegata piuttosto tra le eventualità improbabili, ma all'improvviso divenne consapevole e meditata, tangibile e sempre presente. Teoria delle catastrofi. La scintilla fu una discussione con gli amici a casa di Andrea Svensson. Con gli altri, a cena, c'era una coppia amica di Nasir: Susan, minuta, bionda, faceva la bibliotecaria nel dipartimento di filosofia; la sua compagna, Anita, dai delicati lineamenti indiani, con gli occhi scuri e una lunga matassa di capelli neri, era pittrice e anche illustratrice. «No, no» rispose quando Leila le chiese se lavorasse in qualche rivista o casa editrice, «sono una freelance, cioè sto nella fascia alta dei morti di fame.»

Sorrisero tutti. Poi, a partire da quella vecchissima battuta, la conversazione s'incamminò verso territori già esplorati spesso dal loro gruppo di amici: l'ormai quasi completa impossibilità di sopravvivere per gente come Anita, artisti, traduttori, musicisti, scrittori, giornalisti; il taglio drastico dei fondi alla cultura, alla scuola, a qualunque ricerca scientifica che non riguardasse l'acqua o il cambiamento climatico; la riduzione al lumicino delle persone che leggevano almeno uno o due libri all'anno; il calo netto delle persone che si iscrivevano all'università, che colpiva duramente anche tutti loro a Stanford; l'ultima inchiesta nelle scuole superiori che rivelava che ormai l'86 per cento degli studenti non riusciva più a comprendere per intero il senso di un testo scritto più lungo di venti righe.

Dopo l'arrosto di origine genetica, l'ospite servì il dolce, orgogliosa di quelle quattro mele al forno rimediate quasi ricattando il suo fruttivendolo. Mentre depositava le porzioni nei piattini e le distribuiva, Andrea Svensson tornò sull'argomento.

«Ma vi rendete conto? Qui, ormai, siamo alla fine della civiltà della scrittura e tutti se ne fregano... Invece è una catastrofe, stiamo tornando indietro di centinaia d'anni e il mondo tira dritto come se niente fosse...»

Chi scosse la testa, chi annuì. Tutti, però, le davano ragione: volevano approvare quelle sue parole, oppure deplorare come andava il mondo. Tutti, tranne due.

«Ma non è vero, Andrea...» la contraddisse Livio. Per un attimo il suo sguardo cercò Mercedes, poi continuò. «In fondo, si dicevano le stesse cose quando è stata creata la scrittura, o quando Gutenberg inventò la stampa, o quando nacquero la radio e la televisione... È solo la cultura che cambia forma, e a noi fanno paura i cambiamenti, questo è tutto.»

«Buonissima, la mela» disse timidamente Susan.

Andrea non le rispose, non la ringraziò nemmeno. Era furiosa, veemente, preoccupata.

« Cultura? Ma di che cosa parli, Livio? Qui, gratta gratta, il novanta per cento di quello che si spaccia per cultura è puro e semplice intrattenimento. Lodevole, a volte divertente, ma pur sempre intrattenimento. Invece la cultura è anche fatica, tempo, pensiero... E se l'86 per cento dei ragazzi praticamente non sa nemmeno leggere, vuol dire che a poco a poco perderemo pezzi, saperi, conoscenze... E torneremo indietro. Ma come fate a non preoccuparvi? »

« Esagerata. » Era stato Dexter Gómez a parlare. Fino a un attimo prima sembrava concentrato soltanto sul suo piatto, sui bocconi di mela minuscoli e squadrati che cesellava usando il suo coltello come un bisturi. Calò un silenzio, breve, poi Dexter finì di masticare e sollevò lo sguardo verso Andrea. Nel movimento, la sua testa calva mandò un leggerissimo bagliore, un rapido riflesso della lampada che pendeva sopra il tavolo. « Esagerata » sottolineò di nuovo. « Noi siamo vecchi, Andrea, e quando le cose cambiano troppo in fretta ci sentiamo spersi, incapaci di capire. Per noi, il passato diventa quasi un modello irripetibile. Al centro del nostro modello c'era la lettura, la riflessione, ma non è scritto da nessuna parte che debba esserlo nel futuro. Perciò, anche se quell'86 per cento non accenderà mai una console per leggere Kant, Platone o Darwin, la nostra società non potrà dimenticarli, perché ormai sono la sua infrastruttura più salda. Il mondo cambierà ancora, sì, e molto, ma non possiamo dire che tornerà indietro... Indietro rispetto a cosa?»

Aveva argomentato in tono basso, calmo, quasi malinconico, ma molto persuasivo. Il discorso sembrava chiuso lì, invece Andrea allontanò il piattino con la mano, appoggiò i gomiti sul tavolo e lo fissò. Non era soddisfatta. Neanche un poco.

«E no, non mi convince, Dexter. Forse non lo ricordi, ma al mondo è già successo di tornare indietro...»

«Ah, sì? E quando?»

Le labbra di Andrea si incresparono impercettibilmente all'insù.

«Alessandria d'Egitto» disse alla fine, ancora sorridente. «Terzo secolo avanti Cristo: Archimede ed Euclide fondano la fisica e la matematica, Eratostene calcola esattamente la circonferenza della Terra e le distanze relative tra Sole, Terra e Luna, Apollonio di Perga studia le sezioni coniche, Erofilo di Calcedonia descrive l'anatomia del cervello e capisce che è al centro del sistema nervoso e della coscienza, Aristarco di Samo sa che la Terra ruota intorno al Sole, Ipparco di Nicea studia le maree dell'oceano Indiano e dell'oceano Atlantico e ne deduce che c'è un continente a dividerli: questo che calpestiamo, l'America.» Fino a quel momento, aveva sciorinato la sua lista portando il conto sulle dita; poi, all'improvviso, allargò le braccia e cominciò a gesticolare. «Invece arrivano i Romani, che della scienza se ne fregano. Guarda caso, la Biblioteca di Alessandria brucia per due volte, con i settecentomila libri che contiene. E quel sapere accumulato in soli due secoli si perde del tutto, almeno in Occidente. Per dieci secoli l'Europa conta con i numeri romani e gli abachi, crede che la Terra sia piatta e che il Sole le giri intorno, non ha la minima idea della funzione del cervello... Bisognerà aspettare mille anni perché, attraverso gli arabi, quelle conoscenze vengano recuperate a poco a poco. Mille anni di buio, ci pensate? Se questo non è tornare indietro...»

Quella sera, quando rincasarono, né Livio né Leila riuscirono a prendere sonno. Continuarono a rigirarsi nel letto, ma ciascuno per proprio conto, senza fiatare, senza accendere la luce, perché le loro inquietudini non sapevano ancora rapprendersi in parole. Soltanto il giorno dopo vi accennarono, e poi ne riparlarono ancora due o tre volte nella settimana successiva. Alla fine, anche Livio cedette e si ritrovò amaramente d'accordo con Leila: Andrea Svensson aveva ragione. Certo, che si poteva tornare indietro; e per di più il mondo sembrava molto, molto vicino a farlo.

«Il progresso» comunicò a Leila una sera a cena, citando chissà chi, «è solo il modo in cui chiamiamo i cambiamenti che ci piacciono.»

Restava da capire se quell'inversione di rotta sarebbe avvenuta in maniera lenta, quasi impercettibile, oppure tutta d'un colpo, come una catastrofe improvvisa. Erano pensieri cupi, ma avrebbero dovuto imparare a conviverci, essere pronti ad affrontare il peggio. Ci provarono. Ma da allora vissero con un peso addosso: il passato non passava mai davvero, anzi li aspettava in agguato per inghiottirli da un momento all'altro. E il tempo era una molla che, torcendosi o comprimendosi, faceva sovrapporre il prima e il dopo.

Dovettero combattere per arrivare all'acqua. Era la prima volta da quando erano partiti, e per la prima volta benedissero le somme stratosferiche pagate alla TransHope. Andò che entrando a Bregenz, a settecento metri dai binari della ferrovia, trovarono cecchini sui palazzi e una barricata di traverso sulla strada. Carcasse di automobili, macerie, calcinacci, pezzi di travi di cemento armato, armadi, frigoriferi rotti, bidoni riempiti con le pietre li fermarono di colpo mentre dall'alto partivano tre o quattro fucilate. Era un avvertimento, ma Rocío non si lasciò cogliere alla sprovvista: diede due ordini secchi nella trasmittente e diciotto squadre di guide e sentinelle con le armi in pugno risalirono in pochi minuti la colonna, schierandosi alla sua testa, mentre i civili delle prime unità vennero fatti arretrare a distanza di sicurezza, insieme ai carri, dietro un blocco di quattro palazzi in rovina.

Quando le guide terminarono di prendere posizione al riparo di un albergo sulla sinistra di quella che le mappe indicavano come la Arlbergstrasse e dei ruderi di un gruppo di villette sulla destra, Rocío convocò le caposquadra per fare il punto della situazione. La barricata era sistemata su una curva protetta da un palazzo di otto piani, sul cui tetto erano appostati due, o forse tre cecchini. Ma c'erano uomini e donne armati anche dietro lo sbarramento. Da lì era davvero difficile passare. Rocío, allora, ordinò un po' di fuoco di copertura per dare modo agli esploratori di cercare qualche altro varco, mentre un plotone di guide tentava di aggirare il palazzo e liberare il tetto.

I primi scambi a fuoco, Livio li avvertì come un'eco lontana nell'aria polverosa del pomeriggio. Era fermo con gli altri a meno di un chilometro di distanza, appena superato l'alveo del Bregenzer Ach, nello spiazzo dove molti anni prima doveva esserci stata una stazione di servizio. Alla loro destra, vedevano la mole del monte Pfänder e una foresta di pale eoliche immobili sul crinale, poi, facendo scorrere lo sguardo in direzione del cratere del lago di Costanza, gli occhi s'impigliavano nei resti della Città alta e della Martinsturm.

« A terra, a terra! » gridò qualcuno, proprio davanti a loro, quando sentì i colpi.

Di morti, sparatorie, scontri a fuoco, i viaggiatori ne avevano visti già abbastanza, troppi. E avevano paura. Perciò fu un caos: chi urlava, chi si prendeva la testa fra le mani, chi proteggeva i figli con il corpo, chi cercava riparo correndo giù nel greto. Fortuna che durò pochissimo. Qualche minuto dopo, sapevano già tutti cosa stava davvero succedendo: le voci sulla barricata e sui cecchini avevano percorso la colonna, gettando nello sconforto i più deboli e i più stanchi, mentre gli altri si rialzavano e facevano capannelli attorno ai carri.

« Perché non andiamo a vedere com'è la situazione? » disse Marta.

Aziz e Livio si scambiarono un'occhiata e poi si guardarono intorno: in quel mare ocra e biancastro, non si vedeva più nemmeno un'uniforme azzurra. E infatti non c'erano più guide a sorvegliarli, solo un paio di sentinelle lasciate a presidiare la retroguardia. Così, prima timidamente, poi sempre più sicuri, i tre cominciarono a risalire la fila, sentendo gli spari sempre più vicini, riparandosi dietro le macchine abbandonate o dietro i tronchi degli alberi rinsecchiti e poi correndo per brevi tratti. Quando raggiunsero le prime unità, la sparatoria era già meno intensa, ma dietro la barricata c'erano perfino arcieri che lanciavano frecce rudimentali. Segno che il loro armamento era approssimativo e le munizioni scarse. Eppure, dall'angolo del palazzo dietro il quale si erano rifugiati, Livio vide cinque o sei uniformi azzurre stese a terra contro un muro coperto dai resti di un grande cartellone pubblicitario, e tra quei feriti gli sembrò di riconoscere Irina. Per il resto, niente, non si passava: li tenevano fermi come manichini, con un tiro incrociato che guai a spostare un dito.

Fu allora che Yasmina passò di corsa accanto a loro, alla testa di un plotone.

«Cosa ci fate qui?» urlò. «Tornate al vostro posto, subito...»

Invece di obbedire o di rispondere, Livio alzò un dito, l'indice, come per chiederle il permesso di parlare. E lei si avvicinò di corsa, rósa dalla fretta.

«Be'? Cosa c'è?»

«Pensavo...» esitò Livio. «Pensavo che, per arrivare al lago, forse potremmo passare lungo il greto...»

«Pensavi male» gli replicò Yasmina, infastidita. «E

poi ci siamo noi, a pensare... Comunque, ipotesi scartata: anche se ci arrivassimo, poi dovremmo ugualmente proseguire verso nord, e ci toccherebbe attraversare di nuovo la città. Ci ritroveremmo punto e da capo. Perciò, meglio risolverla subito, la questione. Ma adesso voi dovete tornare ai vostri posti, mi hai capito? »

Era quasi incazzata quando girò le spalle e si rimise a correre con il suo plotone lungo un'ampia traversa che si spingeva a nordest, sulla destra della Arlbergstrasse. E allora, mentre la guardavano scomparire in fondo al viale, Livio, Aziz e Marta sentirono il rumore di una raffica brevissima, poi videro le schegge d'intonaco schizzare nel cortile alle loro spalle. I colpi lasciarono sul muro dei buchi grandi come un pugno. Ai tre non restò altro da fare che ritornare mestamente indietro, ad aspettare notizie insieme a Sara, alla signora Vargas e a Miguel, mentre una luce densa avvolgeva le volute degli svincoli autostradali alla loro destra, mentre il caldo diventava più secco sulla pianura spenta e la caligine sfumava i contorni delle cose, riducendo il paesaggio a un'unica massa appiccicosa.

Tre ore dopo, del tutto inaspettato, arrivò l'ordine di rimettersi in marcia. Si rialzarono increduli e felici, assaporando ogni notizia che proveniva dalla testa della colonna mentre riprendevano la marcia verso nord. Era successo che alla fine della Riedergasse, il viale lungo il quale si era inoltrata Yasmina, gli esploratori avevano scoperto un'altra barricata molto più vulnerabile e meno protetta. Così Rocío aveva lasciato un paio di squadre a intrattenere i cecchini e gli arcieri del primo sbarramento, mentre il grosso delle guide aveva preso d'assalto gli altri difensori della città. Avevano utilizzato anche il loro unico mortaio da 57 montato su un carro, quasi arrugginito, e un nutrito lancio di granate, finché non avevano aperto una breccia a un'estremità della barricata e si erano lanciate nel corpo a corpo. Alla fine, i difensori si erano ritirati disperdendosi e rifugiandosi alla periferia occidentale della città, lasciando praticamente il campo libero.

Quando Livio e gli altri arrivarono sui luoghi del combattimento, sentirono nelle narici l'odore della polvere da sparo, videro i segni del mortaio e delle granate, superarono rovine, scheletri di cemento, travi carbonizzate e oltrepassarono mucchi di cadaveri ai bordi della strada. Camminarono in silenzio, con la testa china, mentre il sole era già basso e tingeva di riflessi viola l'orizzonte. Poi, all'improvviso, davanti a loro si aprì l'enorme cratere del lago di Costanza. Urla e applausi percorsero la colonna. Un lungo pontile mezzo crollato, punteggiato da tronchi di alberi secchi e senza rami, si protendeva inutilmente sul pendio cosparso di scheletri di uomini e animali, di barche semisommerse dalla sabbia tra i resti dei frangiflutti di un porticciolo da diporto. In quella desolazione, non si muoveva nulla. Si accamparono lì, sul lungolago, circondati dalle guide e dalle sentinelle disposte a semicerchio, al riparo degli edifici diroccati. E mentre gli addetti all'acqua procedevano con le celle solari, i carri e le idrovore verso la macchia scura al centro del cratere, per loro cominciarono le code: ai carri di filtraggio per pisciare, ai carri serbatoio per abbeverarsi, al tendone del cibo per mangiare, nucleo per nucleo, fila dopo fila. E dopo ripartirono per raccogliere le erbe e le radici, per catturare qualche topo o insetto, finché, quando fu buio, si ritrovarono tutti ai loro posti, seduti sulla spiaggia, con i talloni piantati nella sabbia, deboli e stremati, senza nemmeno voglia di parlare. Il silenzio era talmente fitto che non poterono fare a meno di sentire gli esili e appartati singhiozzi della signora Vargas. Era un pianto spossato, il pianto di chi ha già pianto troppo: era un resto, un avanzo di pianto.

«Su, su, signora... Va tutto bene adesso» cercò di consolarla Marta.

Ma lei scosse la testa, come se qualcuno potesse vederla nell'oscurità.

«Non è per me, non solo» mormorò alla fine, tra un singhiozzo e l'altro. «È per quei poveretti, per quei morti... Questa è la loro acqua, in fondo... E stavano soltanto difendendola...»

Calò un silenzio inospitale, opaco. Poi solamente Aziz trovò un po' di coraggio per parlare.

«O noi o loro» disse. «Senza quest'acqua, saremmo morti tutti.»

Livio si alzò bruscamente in piedi, come per allontanarsi da loro, da tutto quel dolore, ma rimase lì, spostando il peso del corpo da una gamba all'altra nel buio gelido che lo circondava. Dove sarebbe potuto andare? Lontano, verso ovest, gli sembrò di intravedere nel cielo un banco di nuvole scure attraversate da improvvisi lampi di luce. Aspettò di sentire il rimbombo dei tuoni, ma non arrivò. Allora si accasciò di nuovo a terra e aprì la branda, sperando di restare sveglio, sapendo che quello che aveva visto di giorno, di notte, nei suoi incubi, sarebbe diventato davvero insopportabile.

Víctor atterrò all'aeroporto di San Francisco un martedì mattina. Era arrivato sano e salvo, il suo aereo non era diventato un bersaglio degli ecoterroristi che avevano cominciato a prendere di mira, con i cosiddetti «microattentati», le centrali nucleari e i rari velivoli a lunga percorrenza. Ma quella era l'unica buona notizia ad aver viaggiato con lui. La prima sera, a cena, fu costretto a raccontare a Livio che i genitori cominciavano a sentire i colpi della vecchiaia, anche se cercavano di nasconderglielo, a confermare a Leila che il vecchio Baasim diventava sempre più cupo e chiuso in sé stesso, ostaggio del suo dio vendicativo e rancoroso, mentre Napoli era diventata un inferno: i prezzi dei prodotti alimentari erano saliti alle stelle e c'erano sempre più estese zone off-limits in cui nemmeno la polizia e l'esercito si azzardavano a mettere piede. Molti napoletani non avevano fatto alcuno sforzo a integrarsi nel modo di vita degli islamici e si erano addirittura convertiti alla loro religione, ma altri avevano reagito duramente, fondando combattive comunità cristiane fondamentaliste e affrontando gli «invasori» in scontri sempre più violenti che uno stato ormai debole e lontano faceva grande fatica a controllare. Altri ancora, invece, avevano deciso di fuggire e di emigrare nel Nord dell'Europa. Ormai dovevano farlo clandestinamente perché, con un'iniziativa che i critici avevano paragonato al ritiro delle legioni romane, la Germania, la Francia, i paesi scandinavi e quelli dell'Europa centrale avevano fondato l'Unione europea del Nord, abbandonando a sé stesse le nazioni mediterranee, chiudendo le frontiere ai confini meridionali. Perciò nessuno pensava che il destino degli emigranti che tentavano la fortuna al Nord fosse molto roseo.

« Ma nemmeno restare è una buona scelta » concluse sconsolato Víctor. « Pensate che nel mio ospedale ormai siamo rimasti a corto di medicine e abbiamo quasi tutti gli strumenti rotti. Non c'è più un soldo neppure per ripararli... »

« Qui è più o meno lo stesso » disse Leila. « Anche da noi ci sono fondamentalisti cristiani contro islamici, con in più il problema della popolazione di origine messicana... Loro ce l'hanno a morte con il governo per la Grande Barriera, perciò sempre più spesso ci sono gravi scontri fra tutti i gruppi etnici. »

« E anche qui » aggiunse Livio « ci sono milioni di agricoltori che abbandonano le terre, di profughi che si spostano verso il Nord dalla California, dalla costa del Golfo, dalla Florida, e adesso anche dalla costa atlantica, che comincia a essere attaccata dai tifoni e dall'innalzamento del mare... È un disastro, Víctor. Non so fino a quando riusciremo a resistere. »

Víctor – l'avevano notato subito – era diventato meno sornione, meno sarcastico. Livio cercava di provocarlo, di riesumare le scaramucce e le scintille dei vecchi tempi, ma lui si limitava ad annuire con un sorriso malinconico che gli tagliava la faccia. Sembrava essere approdato a una specie di amara saggezza, di disillusa intelligenza. Solo il disprezzo nei confronti dei politici era rimasto lo stesso.

«Siamo al disastro... Le nostre società sono diventate invivibili, e quei figli di puttana sono ancora lì a cincischiare...»

«La colpa è della teoria dei giochi» disse Leila. Era mercoledì, era già buio, e stavano risalendo Lombard Street per ammirare il panorama dalla Coit Tower. Víctor si voltò verso di lei, incuriosito.

«In che senso?» le chiese.

Leila si appoggiò alla ringhiera che costeggiava il tornante e guardò l'isola di Alcatraz giusto davanti a lei, il Bay Bridge alla sua destra, le luci tremolanti sparse per la baia come in un presepe, ormai tenui e smorte come le stelle in cielo a causa delle restrizioni per il risparmio energetico.

«Nel senso che, per come la vedrebbe un economista, i politici hanno anche una giustificazione razionale per non muovere un dito» spiegò Leila, con le mani unite sotto il naso, concentrando lo sguardo su un puntino luminoso che si muoveva lungo Angel Island. «La verità è che, dal punto di vista della teoria dei giochi, la strategia ottimale per ogni nazione è fare in modo che siano gli altri a ridurre le emissioni... Voglio dire che se qualcuno, spendendo o perdendo un sacco di soldi, adottasse delle misure serie per non immettere carbonio nell'atmosfera, tutti ne ricaverebbero benefici, però i costi li pagherebbe soltanto lui. Perciò, alla fine, in mancanza di un vero governo sovranazionale, tutti aspettano che siano gli altri a fare la prima mossa, e il risultato è quello che sappiamo...»

Quando arrivarono in cima ai trentasette scalini della Coit Tower si era levata una leggerissima brezza che aveva ripulito l'aria e la vista era mozzafiato: da lì in alto, potevano distinguere le luci del Golden Gate e del Bay Bridge, il porto e il Fisherman's Wharf, il Financial District con l'Embarcadero Center, la Victory Tower e la Transamerica Pyramid, Oakland e Berkeley dall'altra parte della baia.

«Bello, bellissimo» annuì Víctor. «Però torniamo a casa, adesso?»

Il pomeriggio successivo partì per il suo congresso di cardiologia a Seattle. La mattina, prima di accompagnarlo alla stazione degli autobus, Livio e Leila affittarono tre motorini elettrici e lo portarono a vedere l'oceano a Bolinas Beach. Scesero lungo Terrace Avenue in un tripudio di oleandri e di lavanda, poi, dopo una curva, davanti ai loro occhi si spalancò il Pacifico. Era la prima volta che Víctor lo vedeva. Si allontanò di qualche metro dagli amici, si sedette per terra e appoggiò le spalle a una roccia alla base del costone. Per più di un'ora rimase in silenzio, immobile, davanti a quel mare immenso e triste, con pochissimi uccelli che lo sorvolavano, a quelle onde dense e acide che sembravano faticare a raggiungere la spiaggia, a quel battito d'acquamorta sulla sabbia grigia.

Prima di salire sull'autobus, Víctor frugò nella borsa, tirò fuori un vecchio libro, una sbrindellata reliquia di carta, e lo diede a Livio.

«Avevi ragione tu» gli sussurrò. «Ma me ne sono accorto troppo tardi.»

Livio cercò di pensare a qualcosa da dire, ma non gli venne in mente nulla. Si limitò a baciarlo sulle guance e ad abbracciarlo. Poi lo vide prendere posto in fondo all'autobus e lo salutò agitando la mano, cercando di tenere a bada la tristezza e la paura che gli annodavano lo stomaco, la disperazione sorda che gli impediva di far finta di sorridere.

Due giorni dopo, caricarono i pochi feriti sui carri e si rimisero faticosamente in cammino. Era una mattinata densa, con un cielo grigio come una lavagna. Il caldo già opprimeva i bronchi anche se l'alba era spuntata da poco. Percorsero il lungolago seguendo i binari della ferrovia e si lasciarono alle spalle la periferia di Bregenz. La strada, ricoperta di dune di sabbia, correva lungo la costa piatta, poi, dietro le ultime propaggini del monte Pfänder, davanti a loro si spalancò l'altopiano tedesco: per quanto Livio scrutasse con il binocolo, vedeva soltanto chilometri e chilometri di una regione scabra, di terra quasi sterile punteggiata di agavi e di arbusti, di moncherini di alberi, di grappoli di cavi che penzolavano dai pali della luce, con sullo sfondo colline brulle e remote, sorvolate da rari uccelli affamati. Qui e là baracche di lamiera, fienili abbandonati, telai di automobili, fattorie senza più pareti e trattori in disarmo in mezzo ai campi aridi. Ogni tanto, dopo che gli esploratori ne avevano verificato la sicurezza, attraversavano paesi e cittadine deserti, vagando in mezzo all'immondizia e alle macerie, ai negozi saccheggiati molti anni prima, alle auto e alle statue ricoperte di polvere.

Livio continuava a camminare insieme agli altri, ma adesso aveva l'apatia nello sguardo e i piedi come animali morti. Se a volte, non dormendo, riusciva a sfuggire ai propri incubi, non c'era modo di salvarsi dai sogni a occhi aperti mentre spostava una gamba dopo l'altra, mentre continuava ad andare avanti, senza vedere un metro di futuro davanti a sé. Ogni tanto, gli capitava di risentire com'era stato stringere suo figlio tra le braccia. Non era un pensiero, ma una folgorazione improvvisa che lo assaliva a bruciapelo, lasciandolo sbigottito. Di Leila, di Matías, ormai non ricordava quasi nulla, gli sfuggivano gesti, profumi e lineamenti, e soprattutto il tono delle voci, la prima cosa che si era sciolta nell'acqua saponosa della sua memoria. Da allora, ne era passata, di vita. Eppure, erano ancora lì con lui: erano come un sogno straziante che gli aveva lasciato una sensazione dolorosa ma nessuna immagine, erano una storia vuota, priva di dettagli, ma profonda come una ferita invisibile che non si sarebbe mai rimarginata.

« Livio, ti senti bene? » gli chiese Marta dalla fila dietro.

Doveva essersi accorta che qualcosa non andava dai suoi passi esitanti, dal modo in cui trascinava i piedi. Lui si voltò e si sforzò di ricordare ancora una volta i meccanismi del sorriso.

« Sì, sì, tranquilla... È solo che non dormo bene. »

Nel primo pomeriggio, in un anfratto addossato a una

collina, incontrarono un villaggio raccolto attorno a una sorgente melmosa e striminzita: una ventina di case di lamiera, un orto macilento, donne che trasportavano la legna sulla testa, bambini scalzi che facevano rotolare un vecchio copertone, uomini accovacciati lungo la strada che li guardavano minacciosi impugnando lunghe sbarre di ferro. E loro non si fermarono, tirarono dritto. Troppo poca, quell'acqua: non sarebbe servita a dissetare la colonna; e prenderla, comunque, avrebbe significato condannare a morte quei poveracci.

Prima dell'imbrunire si accamparono nell'infossamento dello Stockenweiler Weiher, che doveva essere stato un grazioso stagno circondato da salici e canneti, pieno di rane, di carpe e bisce d'acqua, di anatre e di svassi. Adesso, invece, c'erano soltanto sabbia, argilla e lische calcinate, però Rocío ordinò lo stesso di scavare al centro con la trivella mentre la colonna si organizzava per la notte.

Dopo il solito calvario delle code, dopo una puntata alla latrina, Livio mangiò mezza barretta, si sedette a terra con le spalle appoggiate contro un masso e chiamò di contraggenio i ragazzi. Fare lezione fu uno sforzo immane: giorno dopo giorno, gliene sfuggiva sempre più il senso. Ormai la conoscenza non serviva a niente; illusioni, bugie, risolutezza, perfino crudeltà: erano queste le cose che servivano alla vita. Perciò, ai più piccoli raccontò senza troppa passione della guerra dell'Eufrate e ai più grandi assegnò un paio di esercizi di matematica. Quando alla fine si alzò e diede appuntamento a tutti per il giorno dopo, il sole era quasi scomparso dietro le colline. Allora, invece di correre via con gli altri, Sara gli si avvicinò e lo baciò sulla guancia.

«Grazie di tutto» disse.

Lui non riuscì nemmeno a chiederle una spiegazione. Restò imbambolato a fissare la ragazzina che si allontanava verso i carri di filtraggio. Le ciocche di capelli ricci e sporchi le ballonzolavano sulla testa mentre camminava nella calca, scavalcando la gente seduta o distesa a terra, con le lunghe gambe avvolte nei pantaloni cenciosi. Poi, girando distrattamente lo sguardo, Livio scoprì Marta a pochi metri da lui: era accovacciata a terra e stava affilando la lama di un coltello su una pietra, ma doveva avere assistito a tutta la scena, perché lo guardò e si strinse nelle spalle, sorridendo con intenzione.

«Hai fatto colpo, hai visto?»

«È solo compassione per un vecchio» si schermì lui, avvicinandosi a Marta e lasciandosi cadere sulla sabbia accanto a lei.

«E se ti dicessi che non hai fatto colpo soltanto sulla figlia?»

«La troverei una bugia pietosa e inutile. E anche un po' pericolosa» replicò Livio, sentendo il rossore che gli schizzava su dal petto e gli colorava le guance. Finse di frugare nello zaino, poi si concentrò sugli ultimi residui del tramonto, sperando che quel silenzio non finisse mai. Però le donne temono i silenzi.

«Allora, me lo dici che cos'hai?» gli chiese Marta. «Stai bene? Da qualche giorno hai una brutta faccia...»

«Ma no, te l'ho già detto, non è niente... Soltanto che non sto dormendo bene.»

In realtà, non dormiva né bene né male: non dormiva per nulla, o quasi. Anche quella notte la passò a rigirarsi nel buio sulla branda, sentendo Marta e Sara respirare accanto a lui, il russare potente di Martelli parecchie file dietro, il continuo viavai del vecchio Aziz dai carri di filtraggio per pisciare le sue tre gocce stente, i brontolii nel sonno del piccolo Miguel e il mormorio della signora Vargas che lo tranquillizzava, sempre in attesa che si screpolasse finalmente il cielo, che terminasse quella notte gelida. Prima dell'alba, invece, rivide quel bagliore. Lontano, lontanissimo, dietro il crinale di un groppo di colline basse un po' più a nord. Erano fuochi quel tremolio di luce pallida e rossastra nell'oscurità? C'era qualcosa, là fuori in mezzo al buio? Comunque fosse, doveva dirlo subito a Yasmina. Si rialzò sulla branda e guardò a est, aspettando sempre più impaziente che la luce cinerea del giorno si rapprendesse lenta sulla terra. Ma attese a lungo, perché, nell'orizzonte ubiquo di quell'altipiano, il chiarore dell'alba arrivava da ogni punto cardinale, e persino il tempo aveva bisogno di tempo per passare.

Il libro che gli aveva regalato Víctor era un reportage di uno scrittore argentino pubblicato quarant'anni prima. Era pieno di sottolineature a matita, ma due passi erano segnati a penna e avevano entrambi a che fare con il futuro. « L'agitazione attorno al mutamento climatico » diceva il primo « recupera l'esercizio – disprezzato, rifiutato – di pensare al futuro: anche se, in questo caso, il futuro è pura minaccia. Rimette sul tavolo la variabile fondamentale del tempo: l'idea di finitezza. Quelli che temono la minaccia di questo cambiamento introducono il concetto di morte – l'ombra della morte – in un corpo che siamo soliti pensare come infinito: la Terra, il nostro mondo. Il timore del tempo inarrestabile svela, tra le altre cose, che l'oggi indefinito è una leggenda di scarso valore.» E l'altro: «La minaccia del cambiamento climatico si inscrive nello spirito dell'epoca e lo perfeziona: ci troviamo in uno di quei momenti noiosi della storia in cui nessuno ha una buona idea su cosa aspettarsi dal futuro, e allora ci dedichiamo a temerlo. Il presente è sempre scontentezza garantita; mi piacerebbe allora sapere perché certi presenti producono futuri di speranza e altri futuri di terrore. Qualcuno potrebbe leggere la storia del mondo a partire da questa dicotomia: le epoche che aspettano il loro futuro, quelle che lo guardano con paura».

«Irina come sta?»

«Va molto meglio, grazie. Tra qualche giorno la rivedi in pista.»

All'alba Livio si era finalmente alzato ed era andato in cerca di Yasmina vagabondando per l'accampamento che si risvegliava, muovendosi a zigzag tra corpi, zaini e brande, finché l'aveva vista vicino alla trivella al centro dello stagno secco. Era indaffaratissima: si sbracciava, urlava ordini, dava una mano per spostare i carri, controllava il livello delle batterie solari, perciò ci aveva messo un po' ad avvicinarla. Quando alla fine c'era riuscito, le aveva subito chiesto di Irina, ma immediatamente dopo, per non farle perdere tempo prezioso, quasi con timore, le raccontò in fretta della luce, di quel bagliore dietro le colline.

« Di nuovo? L'hai rivisto? » gli chiese lei, sbuffando di stanchezza, mentre si sollevava il berretto con la mano sinistra e si sistemava i capelli con la destra, scoprendo i delicati lineamenti arabi, gli occhi come lampioni accesi sulla pelle scura. Assomigliava vagamente a Leila.

Livio si strinse nelle spalle, poi chiuse e riaprì subito gli occhi come per assentire in silenzio.

« Ne sei sicuro? »

Stava per risponderle di sì quando dagli addetti alla trivella arrivò un urlo, un lungo urlo che congelò tutto l'accampamento.

« L'acqua, l'acqua! »

Si voltarono tutti a guardare e per qualche secondo rimasero impietriti come davanti a un miracolo: dalla perforatrice accanto al cingolato sgorgava un fiotto di liquido cristallino che danzava per un po' nell'aria e ricadeva al suolo in abbondanti rivoli che venivano subito inghiottiti dalla terra arida. Poi, per una decina di minuti, regnò la confusione.

« Presto, le idrovore! » ordinò Yasmina. « Muovetevi, invece di starvene lì con i denti in bocca! »

« Lo sapevo, lo sapevo! Ve l'avevo detto... » gridava Rocío, che arrivò di corsa, con la giacca dell'uniforme ancora infilata solo a metà.

Era successo che, a un centinaio di metri di profondità, avevano scovato una falda freatica o un sifone naturale la cui esistenza Rocío aveva intuito nei precedenti viaggi. Adesso, finalmente, l'avevano trovata, e in un batter d'occhio decine, centinaia di persone si accalcarono attorno alla trivella, sgomitando e sollevando sabbia e polvere. Alcuni si gettarono sull'acqua per bere a perdifiato, ma le guide li trascinarono via in malo modo, tra spintoni e urla, minacciandoli con le armi.

« Calma, calma... Ce ne dovrebbe essere per tutti » annunciò Rocío. « Restiamo qui accampati ancora un giorno per riempire i carri serbatoio, e poi, se ce ne sarà ancora, faremo una distribuzione supplementare e potrete bere quanto volete. Ma mi raccomando: con ordine... »

Livio era rimasto dove Yasmina l'aveva piantato in asso, a una ventina di metri di distanza dall'acqua che sgorgava, immobile in mezzo alla sgangherata allegria che aveva preso tutti, ai tentativi di canto, agli scherzi, a quella felicità brutale e baldanzosa che faticava a invadere anche lui. Stava per tornare alla sua unità, quando sentì una mano leggera sulla spalla. Si voltò e vide Marta. Sorrideva e piangeva allo stesso tempo. Piangeva con l'innocenza di un bambino, mentre le lacrime si facevano largo tra la polvere che le ricopriva il viso. Poi gli gettò le braccia al collo e rimase lì, abbracciata a lui, a singhiozzare in silenzio. Passò un minuto, o due, o chissà, finché non si scostò e si asciugò la faccia con il polso.

« Scusami » mormorò.

« Per cosa? » disse Livio. « Se si può piangere, sarà per qualche cosa, no? »

Tornarono dagli altri camminando uno accanto all'altra in silenzio, mentre per tutto il campo si faceva baldoria e qui e là, via via che la notizia si diffondeva all'estrema periferia della colonna, esplodevano urla di gioia. A fine pomeriggio, come promesso, dopo aver riempito fino all'orlo i carri serbatoio, venne distribuita acqua a volontà. Qualcuno ne approfittò perfino per sciacquarsi la faccia o le ascelle. Era buonissima, quell'acqua. Da anni Livio non sentiva più in bocca quel sapore e quella freschezza, e all'improvviso brandelli sparsi della sua vita cominciarono a piovergli tumultuosamente davanti agli occhi, senza alcun comprensibile ordine, suoni, sapori, immagini, emozioni di una giornata estiva da bambino al parco e di una fontanella sotto un tiglio, di Leila che lo chiamava sotto la doccia per fare l'amore con lei, di sua madre che gettava un bicchiere d'acqua sul viso del padre e si alzava da tavola infuriata, e allora pensò a quell'acqua come alla madeleine di Proust, e subito dopo, inevitabilmente, come una maledizione, alle diverse aree del cervello che si stavano riattivando per richiamare e assemblare quei suoni, sapori, immagini, emozioni in modo che ne venissero fuori ricordi completi e non un insieme di frammenti scollegati...

«A cosa pensi?» gli domandò all'improvviso Marta, seduta a terra accanto a lui.

Livio quasi sobbalzò per quell'interruzione dei suoi pensieri, poi si voltò brevemente verso di lei con gli angoli delle labbra appena sollevati, quindi riprese a fissare davanti a sé.

«Ai ricordi» rispose alla fine.

«Ah, sei entrato in modalità nostalgia?»

«Veramente pensavo a qualcosa di molto più tecnico...»

«E cioè?»

«Lo vuoi davvero sapere?»

Marta annuì, convinta. Era stupefacente, si disse per un istante Livio, che in mezzo a quel disastro nella sua testa ci fosse ancora spazio per dendriti, amigdale e neuroni. E che anche Marta ne fosse incuriosita. In fondo in fondo, forse non proprio tutto era perduto...

«Be', se proprio ci tieni, pensavo a come i ricordi cambino ogni volta che li richiamiamo alla mente, pensavo che non esistono due ricordi uguali, perché ricordare qualcosa significa automaticamente modificarla... Ogni volta, alcuni dettagli sono leggermente diversi, altri vengono cancellati e altri ancora aggiunti di sana pianta, mescolando le informazioni già immagazzinate e quelle nuove, quelle appena ricevute. Perciò la memoria è un processo creativo, la memoria inventa.» Miguel passò correndo a pochi metri da loro. Cantava, si agitava, sembrava completamente impazzito. A lui una cosa del genere non era mai successa, non aveva mai avuto per sé quel bendidìo, tanta acqua tutta insieme. «Per esempio» riprese Livio, «adesso stavo ricordando di quando, da bambino, dopo avere giocato per ore sotto il sole, ho bevuto dell'acqua freschissima alla fontanella di un parco... Ma questo ricordo di oggi è diverso da quello che ne ho avuto, mettiamo, vent'anni fa, ed è sicuramente diverso dalla realtà esatta dei fatti. Affascinante, no?»

«Davvero affascinante, già...» Qualcuno, adesso, aveva tirato fuori un flauto dallo zaino e Sara, Miguel e altri ragazzini stavano ballando una specie di girotondo, mentre Aziz, la signora Vargas e decine di persone battevano le mani a tempo. «Ma se è così» riprese Marta dopo qualche istante, gli occhi come due strisce sottili nella luce del tramonto, «se i nostri ricordi sono sempre falsi, o alterati, allora noi chi siamo? Cosa ne è della nostra identità?»

Bella domanda, pensò Livio.

«Bella domanda» disse, e si fermò per un attimo. Per continuare a parlare, doveva evitare di guardarla, doveva concentrarsi su Miguel e Sara che andavano avanti imperterriti a ballare, sulla signora Vargas che finalmente sorrideva un po'. «In qualche modo, anche l'Io è un'invenzione del nostro cervello, anzi, è la sua migliore invenzione, la sua storia più di successo, diciamo il suo bestseller... Tantissimi anni fa, più o meno nel Pleistocene, da qualche parte avevo scritto che quando raccontiamo a qualcuno la nostra vita, quando la ricordiamo, dovremmo sempre far scorrere sulla nostra fronte la scritta: 'Questa storia che racconto su me stesso è solo *tratta* da una storia vera. Sono in larga parte io stesso un frutto della mia immaginazione'. Insomma, siamo voci di corridoio, racconti inattendibili, finzioni...»

«E allora» disse Marta, scuotendosi all'improvviso, «non ha senso stare qui a macerarsi... Basta con quella faccia. Dài, balliamo...»

Si alzò di scatto, gli tese una mano e aspettò. Di colpo, sotto gli occhi lucidi, come lo schianto di un vetro rotto, le era spuntato un sorriso malizioso. E lui, alla fine, ci si aggrappò come se quella mano e quel sorriso fossero l'ultimo appiglio che gli restava al mondo.

Jhumpa era piccola e scura, un fagotto minuscolo che guardava il mondo con entusiasmo ed era già capace di sorridere con gli stessi meravigliosi occhi della madre. Anita la teneva in braccio come se avesse paura di romperla, mentre Susan le preparava da mangiare. Era nata otto mesi prima, con la procedura ormai più comune: caratteristiche genetiche programmate, fecondazione in vitro, gravidanza esterna. Eppure Susan e Anita avevano accolto la figlia con la stessa sorpresa con cui avrebbero potuto farlo un secolo prima.

« Me la fai tenere un po'? » chiese Leila.

Da quando Jhumpa era nata, Leila si era avvicinata molto alla coppia, soprattutto ad Anita. Susan era simpatica e cortese, ma per i gusti di Leila sorrideva troppo; per di più, aveva la sensazione che in fondo al suo sguardo si annidasse un luccichio che la inquietava. Con Anita, invece, tutto era stato istintivo, facile, senza fronzoli.

« È strano come di alcune persone ci si senta subito amiche, non è vero? » le aveva detto una volta.

« Sì, stranissimo » le aveva risposto Anita, ed erano scoppiate tutte e due a ridere.

Forse anche Leila desiderava un figlio. Forse quella bambina le parlava di un futuro che non fosse soltanto una minaccia. Forse si sentiva attratta dalla dolcezza di Anita, dalla sua capacità di catturare in quello che dipingeva certi stati d'animo, certe sfumature, certe sensazioni che lei faticava perfino a nominare. O forse, dopo tanti anni a San Francisco, aveva semplicemente bisogno di una vera amica, di qualcuna con cui condividere i momenti di spaesamento o di solitudine, i dissapori, le noie e le ruggini con Livio, le gioie, i desideri, le nostalgie o i rimpianti che non riusciva a esprimere con nessun altro. Perciò da qualche mese approfittava di ogni momento libero per andare a trovare Anita e la bambina mentre Susan era in biblioteca, oppure le accompagnava al parco giochi o si offriva di portarle in macchina dal pediatra.

In quel periodo, Livio era troppo preso dal lavoro per accorgersi delle assenze di Leila o della sua distanza: aveva appena vinto la cattedra ed era concentratissimo sull'ultima ricerca che stava conducendo. A Susan, invece, a poco a poco quella complicità fra Leila e Anita cominciò a sembrare fuori luogo. Poi, a non piacerle affatto.

La mattina dopo, quando ripartirono, l'euforia del giorno prima durava ancora. Con i carri serbatoio pieni e la sicurezza di poter arrivare tranquilli quasi fino all'Elba, macinare chilometri e chilometri sotto il sole pesava un po' meno. Soltanto Livio sembrava immune a tutto quell'entusiasmo. Era felice, sì, ma non poteva farci niente se quell'euforia gli sembrava soltanto un cattivo presagio, l'annuncio di quando, presto o tardi, sarebbe finita. Perciò camminava al suo posto a testa bassa, come a bagnomaria nei suoi pensieri, senza curarsi di quello che gli succedeva intorno, senza badare ai confini degli appezzamenti di terra ancora visibili quando si affacciavano sulla cima di una collina, alla gente che cantava vecchie canzoni dimenticate mentre marciava quasi baldanzosa, alla foschia cupa all'orizzonte che univa terra e cielo, a Martelli dietro di lui che chiacchierava fitto con il vicino, ad Aziz che aveva catturato una piccola iguana e a Miguel che gli si era aggrappato addosso per vederla, alle sagome arrotondate delle rocce che spuntavano fra le stoppie, alla lunga colonna ocra che si snodava per chilometri davanti e dietro a lui.

« Ma cosa c'è? Hai ancora quella brutta faccia... E dài, non essere pesante. Sfórzati, almeno oggi, di non rovinare la festa agli altri. »

Era quasi irritata, Marta, quando glielo rimproverò, durante la sosta per mangiare. Livio si azzardò a guardarla sotto i capelli ricci, puntando dritto agli occhi, ma preferì non rispondere, più che altro perché sapeva che lei aveva ragione. Si stava comportando in maniera insopportabile. Annuì e continuò a masticare lentamente la sua barretta, finché Marta scosse la testa, gli batté una mano sulla spalla, si alzò e tornò da Sara.

Impiegarono altri sei giorni per arrivare al greto del Danubio, più o meno all'altezza di Ulm. Di giorno, quando in quei loro disperati spostamenti sulla buccia del mondo incrociavano la vecchia strada nazionale, incontravano i resti di grandi cartelloni pubblicitari dove qualcuno aveva scarabocchiato messaggi minacciosi che avvertivano di tenersi alla larga dai paesi, e loro li evitavano; oppure seguivano serpeggiando le zone più pianeggianti fra le colline basse, dove anni prima c'erano boschi e laghi, cercando l'ombra per ripararsi dal sole dispotico che non dava tregua. Le notti, invece, erano lunghe e fredde, interminabili, popolate di incomprensibili rumori: a volte erano metallici, altre volte più cupi e cavernosi; a volte erano abbastanza lontani, però poi avanzavano, si raggruppavano in una specie di scaramuccia e si disperdevano ancora, prima di liquefarsi in un silenzio nero e angosciante. Allora Livio si concentrava sulle distanze, sui chilometri, sulle riserve d'acqua, su quello che li aspettava all'alba, per non pensare all'oscurità intorno a lui. In più occasioni, mentre pascolava la sua insonnia, gli sembrò di scorgere di nuovo quelle strane luci dietro le colline. Un paio di volte lo disse a Yasmina, e lei rispose che sì, avrebbero controllato, ma che doveva stare tranquillo perché la colonna era talmente numerosa che nessuno avrebbe mai osato attaccarla. Smise di dirglielo.

Una notte si alzò, si allontanò dagli altri camminando rattrappito, si inginocchiò per terra e vomitò cercando di non fare rumore. Poi, un pomeriggio, i contorni di Ulm si disegnarono davanti a loro come un livido fondale di macerie, animato da fuochi minacciosi. Si tennero alla larga. Rocío decise di superare il greto del Danubio un po' più a est, a Elchingen.

Ci arrivarono quasi al crepuscolo. Prima del ponte, passarono davanti a un enorme centro commerciale e alle installazioni di una fabbrica con decine di capannoni abbandonati, ciminiere crollate, piazzali pieni di automobili e macchinari in disarmo, palazzine di uffici con le finestre sfondate. Sul cancello all'ingresso, si poteva ancora leggere qualche lettera dell'insegna: B SCH R X OT. Rimasero là fuori per un po', mentre gli esploratori controllavano la zona. Poi Rocío salì sopra un muretto e annunciò: «Okay, stanotte lasceremo fuori i carri con otto squadre di sentinelle, mentre noi ci accamperemo dentro. Saremo più al sicuro. Ora, al lavoro».

Mentre si sistemavano, correndo da una parte all'altra per cercare i posti più caldi e riparati, Livio notò che il vecchio Aziz sembrava sulle spine. Una smorfia di contrarietà gli tagliava il viso e se ne stava insolitamente silenzioso.

«Che c'è?» gli chiese. «Qualcosa che non va?»

Si erano accampati a ridosso di un muro, di fronte a una bassa palazzina a due piani, e si stavano preparando per le code. Aziz sporse il mento in fuori e fece ruotare la testa, per indicare la confusione che li circondava.

«Tutto, non va. Questa volta le guide hanno cannato: i carri fuori, e noi qui dentro, come topi in trappola...»

Livio deglutì, mentre un brivido gli percorreva la spina dorsale. Era la paura che tornava.

«Ma no, ma no... Rocío sa quel che fa, vedrai» disse per rassicurare prima di tutto sé stesso, ma restò inquieto mentre usciva di nuovo dal cancello, mentre faceva la fila per pisciare, mentre gli davano le sue due barrette e ritirava la razione d'acqua.

Era ormai buio quando si riunirono. Miguel frignava perché voleva trovare un amichetto, e la signora Vargas, con una faccia da santa pazienza, lo accompagnò a cercarlo. Fu allora che, di colpo, il vecchio Aziz si mise in mezzo a Marta e Sara, le abbracciò afferrandole per le spalle e le trascinò per terra.

Successe a ottobre. Leila lo ricordava bene, perché erano i giorni in cui una stranissima perturbazione polare aveva fatto precipitare le temperature fino a dieci gradi sotto zero, a livelli mai raggiunti in California. Sebbene i climatologi continuassero a ripetere che si trattava sempre di un effetto del riscaldamento globale, in fondo la gente sperava che quel gelo fosse un inizio di inversione di tendenza, un sintomo di ritorno alla normalità. Non lo era. Ma intanto onde furiose si abbattevano sulle coste e, quando non nevicava, raffiche di vento ghiacciato spazzavano le strade. Ahmed la chiamò una sera, dopo cena. Fuori aveva appena smesso di nevicare e il manto bianco ancora immacolato luccicava alla luce dei lampioni lungo i viali di Stanford.

«Dice papà che, insomma... se tornate in Italia e vi sposate, ti perdona.»

Per qualche istante Leila non rispose. Si limitò a fissarlo, con gli occhi come due strisce sottili e il fiato corto.

«Che cosa? Cosa hai detto?» domandò alla fine.

«Dài, su... Hai capito. E non guardarmi male. Io sono solamente un messaggero...»

«Ah, mi perdona? E per che cosa? Per essere venuta qui a fare il lavoro che mi piace, perché sto con la persona a cui voglio bene? E ci ha pensato, tuo padre, a cosa faremmo in Italia? Ci prende tutti a lavorare nel suo negozio?»

«Il negozio l'ha chiuso» mormorò Ahmed.

Leila distolse gli occhi dallo schermo incorporato negli occhiali e guardò fuori. Un uomo intabarrato e un cane camminavano in fretta mentre una neve fine fine ricominciava a cadere, passando lenta nel buio al di là dei vetri. C'era qualcosa di definitivo, di irrimediabile, in quel silenzio.

«Da quando?»

«Da quattro o cinque mesi. Era sempre più difficile approvvigionarsi, l'avevano già assaltato un paio di volte e lui passava più tempo al bar o alla moschea che dietro il banco.»

«Perché non me l'hai detto?»

«A che sarebbe servito? Soltanto a farti preoccupare...»

«E tu, che cosa fai, adesso?»

«Io? Per adesso, niente... Però tra un po' forse Juan de Fonseca mi prende a lavorare nella sua officina.»

Quando chiusero la comunicazione, Leila era furiosa. Che tiranno, suo padre, che cocciuto. Subito dopo, però, alla rabbia si aggiunse la preoccupazione per lui e per il fratello, e poi nella sua testa fece capolino anche il senso di colpa perché lei viveva alla grande a Stanford mentre la sua famiglia sprofondava nel caos e nella miseria.

Pochi giorni dopo, quando il tempo si era rimesso e il caldo era tornato a riavvolgerli, improvvisamente come li aveva abbandonati qualche tempo prima, Leila e Livio erano sprofondati nel divano e facevano andare a tutta forza i ventilatori a batterie solari, storditi da quel calore così pesante che pareva essersi trascinato fin lì per morire. Gli occhi stanchi, le facce appiccicose, discutevano sulla possibilità di dare una mano concreta ai loro parenti, di risparmiare sulle spese per mandare ogni mese qualche dollaro in Italia.

« Ma non possiamo tagliare anche sulle riviste scientifiche... » stava dicendo Livio.

Fu allora che il proiettore in realtà virtuale si attivò con un ronzio e nel loro salotto, annunciata dall'inno nazionale, sembrò materializzarsi la presidente Bradley.

Prima li sorvolò la luce di un tracciante, che illuminò la notte con un lampo crudo, poi sentirono arrivare la prima granata. Non era di mortaio, ma un tiro teso, leggermente obliquo. Anche Livio si buttò a terra e la sentì passare alta sopra la testa, con un rumore di stoffa lacerata, ed esplodere sul centro commerciale, a un centinaio di metri da loro.

« State giù, state giù! » urlava Aziz.

Adesso il fuoco veniva da ogni direzione. Da destra, da sinistra, sentivano il crepitio di una decina di mitragliatrici e i colpi cupi di un paio di mortai. Aziz aveva ragione, era una trappola. E quei predoni dovevano seguirli dall'Italia, da quando Livio aveva visto le prime luci dietro le colline. Sollevò un po' la testa e scorse una decina di uniformi azzurre correre in fila indiana per ripararsi dietro un muretto e sparare alla cieca, rispondendo al fuoco senza sapere bene dove mirare. Le facce dei suoi compagni che riusciva a intravedere quando i traccianti baluginavano nel buio sembravano quelle dei passeggeri del Titanic: esterrefatte, incredule. Non poteva succedere una cosa simile, non a loro... Poi la paura prese il sopravvento. Panico, grida, gente che si spostava all'impazzata fra colpi secchi, raffiche, esplosioni.

« Vado a recuperare Miguel e la signora Vargas » gli urlò Aziz.

Livio allungò un braccio, ma era già troppo tardi per fermarlo. Lo vide alzarsi e correre a perdifiato, scomparendo tra il buio e il balenio violento degli spari. Adesso era rimasto solo con Marta e Sara, sempre stese supine accanto a lui, con le braccia sulla testa, terrorizzate. Stava strisciando per avvicinarsi e proteggerle con il proprio corpo quando la palazzina di fronte a loro si sollevò silenziosamente, vibrando in un bagliore arancione. Livio non sentì nessun rumore, solo l'impatto di uno spostamento d'aria densa, quasi solida, che lo colpì al petto e nei timpani e gli rimbombò in testa e nei polmoni; dopo, soltanto dopo arrivò il boato e la palazzina crollò tra fuoco e fumo, mentre dal cielo iniziarono a cadere terra e calcinacci.

« Ehi, siete tutte intere? » urlò, senza sentirsi.

Ci volle un po' perché recuperasse l'udito, perché vedesse Sara e Marta muoversi nel terriccio che le ricopriva, ma bastava pensare con gli occhi, unire i puntini dei bersagli già abbattuti per capire che il prossimo colpo sarebbe stato per loro. Adesso riusciva a sentire i lamenti dei feriti, le urla di aiuto, gli ordini concitati delle guide, un odore di carne bruciata che si mescolava a quello del fumo e della polvere. Doveva far qualcosa, muoversi. Si drizzò in piedi e aiutò Marta e Sara a rialzarsi, poi corse insieme a loro verso una scala semidiroccata che scendeva in quello che sembrava uno scantinato. Si infilarono nell'edificio mentre le esplosioni squassavano i muri e facevano tremare le schegge di vetro nei telai vuoti delle finestrelle che correvano in alto, poco sotto il soffitto del locale. Il balenio di un tracciante illuminò per un attimo una malinconia di sedie di plastica sgangherate, cataste di scatole sfondate, arnesi e materassi inservibili, ombrelloni ripiegati, pile di vecchi libri di carta, poi fu di nuovo buio.

«Presto, da questa parte!» disse Livio.

Si nascosero dietro due materassi quasi decomposti. La puzza era insopportabile. Un'altra esplosione, vicinissima, quella destinata a loro, fece sussultare tutto l'edificio, poi un tracciante colorò di viola il viso di Sara e Livio vide l'orrore inciso a fuoco nelle sue pupille, mentre sentivano uno scalpiccio di passi, urla, spari sempre più vicini. Le coprì la bocca con una mano e con l'altra le accarezzò i capelli.

«Shhh» mormorò.

Quando i passi e gli spari si allontanarono, Livio arrischiò un'occhiata dalla fessura tra i due materassi: lì dentro sembrava tutto tranquillo, anche se all'esterno i colpi e le raffiche continuavano. Rimase immobile ancora qualche minuto, poi si alzò con circospezione, sgattaiolò verso una finestrella e si alzò sulle punte dei piedi per affacciarsi. Là fuori c'era gente vestita di stracci che si aggirava per l'accampamento con aria selvaggia e famelica, sparando a ogni cosa che si muovesse; là fuori c'era un tizio enorme e calvo che andava in giro con un lanciagranate, c'erano centinaia di uomini e donne armati, c'erano barbe lunghe e tatuaggi, c'erano le donne del gruppo di comando che avanzavano protette da due cordoni di veterane, c'era l'odore acre della polvere, c'era un velo di fumo che bruciava gli occhi, c'erano morti e sangue. Abbastanza perché Livio tornasse a rifugiarsi, tremando, dietro i materassi, ad aspettare in silenzio, stringendo le mani di Marta e Sara.

Forse quell'incubo durò ancora una mezz'ora, ma a loro sembrò un'eternità. E in quell'eternità Livio riuscì soltanto a pensare ossessivamente due cose: la prima, che le emozioni alterano la percezione temporale nel cervello, che la paura rallenta il tempo, e che perciò era normale che lui avesse l'impressione che i minuti non passassero mai; la seconda, che in fondo, a parte le armi, quella gente non era poi così diversa da loro. Li pensò e li ripensò, quei due pensieri, come se fossero uno scafandro, una barriera di protezione per non farsi invadere da altre angosce, fin quando non calò di colpo un silenzio strano, punteggiato soltanto dalle urla e dai lamenti dei feriti, dai primi ordini delle guide. Dopo un po', dal suo nascondiglio Livio riconobbe la voce di Blanca, poi quella di Selam, e soltanto allora si decise a uscire, ad affacciarsi dalla porta e a risalire le scale, seguito a breve distanza da Marta e Sara. Avevano entrambe gli occhi umidi, ma si sforzavano di nasconderlo per non scoppiare in lacrime.

La notte era sempre notte, ma una falce di luna incomprensibile si era levata su quella devastazione, intrufolandosi nella caligine che incombeva sui resti dell'accampamento insieme a un odore di bruciato e di sangue, che l'assenza di vento faceva stagnare nell'aria spessa. Alla luce tremolante dei fuochi che ardevano qua e là fra le macerie, Livio, Marta e Sara si aggirarono nello spiazzo come sonnambuli, inciampando sui morti, chiamando ad alta voce Aziz e la signora Vargas, cercando con lo sguardo le uniformi azzurre delle guide. La prima che incontrarono fu Thérèse, ferita a una gamba, il volto sporco di terra e sangue, distesa accanto a una signora anziana. La donna aveva il vestito oscenamente sollevato sulle cosce piene di varici bluastre e la testa sfondata, appoggiata su una pozza di sangue. Marta si piazzò davanti a Sara, l'abbracciò e la fece girare perché non guardasse.

«Non ha più bisogno di nulla» disse Thérèse, indicando la donna con il mento. «E anche a me non serve niente. Meglio che vi occupiate degli altri. Rocío, passando, ha detto che avrebbero allestito un posto di soccorso all'ingresso della fabbrica... Poi, però, tornate a prendermi...»

Trascorsero il resto della notte a cercare legna, comprex, carta e bidoni per illuminare l'infermeria, a costruire barelle d'emergenza, a procurarsi vecchie stoffe per farne bende, a trasportare feriti, finché l'alba cominciò a velare di bianco parte del cielo, illuminando spietatamente ogni angolo di quel disastro. Continuarono a lavorare, ma dovettero respingere più volte la nausea, l'orrore e l'assalto dello sconforto, nascondendo il sollievo che non fosse toccato a loro.

Fu Sara a trovare il vecchio Aziz. Era ancora vivo quando Livio e Marta la raggiunsero. Stava appoggiato a un muro, raggomitolato su sé stesso, e non si lamentava neanche più. Ci stava mettendo tutta la notte a morire, perché dovevano averlo colpito più volte all'inizio dell'attacco, quando era partito in cerca di Miguel e della Vargas. Probabilmente aveva continuato a correre dopo la prima pallottola, come se non avesse sentito quel colpo alla schiena che gli spezzava il fiato, perché aveva lasciato dietro di sé una scia di sangue. Dopo il secondo sparo, doveva avere urlato, ma forse la voce non gli era venuta fuori. Il terzo proiettile l'aveva fatto accasciare. Poi doveva essere riuscito ad appoggiarsi a quel muro e a sfuggire chissà come ai colpi di grazia dei predoni. Adesso moriva in silenzio, lentamente, con un respiro sempre più debole e affannoso che finì per spegnersi con un gorgoglio nel suo stesso sangue che gli chiudeva la gola.

In alto, sulle loro teste, il chiarore di quell'alba raccapricciante si allargò nel cielo con un livore bluastro, inchiodandoli lì come oggetti immobili e sperduti, abbandonati sulla crosta terrestre da viaggiatori di altri pianeti. Poi, dopo un'infinità di tempo, Marta gli chiuse gli occhi e lo trasportarono ugualmente all'infermeria, anche se ormai era inutile.

Lo avevano da poco sistemato in mezzo ai morti gettati alla rinfusa in un piazzale, quando Miguel li vide. Era accanto alle guide, al posto di soccorso, e li chiamò. Appena in tempo, riuscì a pensare Livio, perché il ragazzino non si accorgesse di nulla. Lui, Miguel, si era soltanto fratturato un dito, ma la signora Vargas era distesa a terra e faceva fatica a respirare. Li fissava come se non li vedesse, come se il suo corpo reclamasse tutta l'attenzione di cui il suo cervello era capace.

«Dov'è ferita?» chiese Marta.

Miguel si strinse nelle spalle. Non lo sapeva: non gli sembrava che l'avessero colpita, non perdeva sangue... Soltanto, a un certo punto, si era seduta a terra e lui non era più riuscito né a farla muovere né a farla parlare.

Livio le sentì il polso: batteva come a miglia e miglia di distanza, come inciampando, debole e irregolare, e quasi si fermava nei lunghi intervalli fra i respiri rantolanti. La tirò un po' su e le infilò lo zaino sotto la testa per aiutarla a respirare meglio.

«Deve stare tranquilla» mormorò. «Fatele compagnia. Vado a vedere se hanno medicine.»

Lo videro tornare dopo un'ora, trascinando in mezzo alla fumaraglia una delle barelle che avevano improvvisato nella notte con stracci e sbarre di ferro. Aveva la faccia tesa, gli occhi appena socchiusi, una smorfia storta sulle labbra. Vincenzo, uno dei tre aiutanti di sanità della colonna, un tipo alto un metro e uno sputo, con tantissimi capelli e pochi denti, gli aveva detto che quei figli di puttana avevano rubato anche il carro medico, perciò erano rimasti a secco, senza medicine. Poi Livio si era aggirato avvilito per il posto di soccorso e vicino al tendone del corpo di guardia aveva incrociato un capannello di guide che discutevano. Rocío, al centro dell'assembramento, dava istruzioni alle altre: diceva di radunare la colonna vicino al fiume, di prendere soltanto i feriti in grado di camminare e di partire subito.

Alla fine, mentre le guide stavano tornando alle loro unità allontanandosi come anatre in uno stagno, Livio aveva tirato in disparte Yasmina e le aveva chiesto cosa pensassero di fare con gli altri, con i feriti gravi.

« Ce la sbrighiamo noi » aveva risposto lei, brusca. « L'importante è che voi vi avviate subito. Qui non si può più restare, è pericoloso. »

« Cosa vuol dire che ve la sbrigate voi? » aveva insistito Livio.

« Vuol dire che penseremo noi ai feriti, mentre voi andrete avanti. Punto. Adesso sbrigati. »

Non c'era più stato verso di cavarle una parola di bocca. Livio, allora, aveva afferrato una barella abbandonata ed era tornato dalla signora Vargas. Ce la caricò sopra con cautela e pregò Marta di aiutarlo a trasportarla.

« Che c'è, cos'è successo? » chiese Sara.

« Niente, dobbiamo andare. E in fretta. »

Non parlò più fin quando la colonna non superò la distesa di sassi del Danubio e si ritrovarono sotto il sole, in marcia nell'altopiano divorato a perdita d'occhio dal calore, con il pinnacolo del campanile dell'abbazia di Elchingen che ancora svettava su un costone.

«No...» mormorò quando sentì gli spari, l'eco di centinaia di quei colpi di grazia che li inseguiva rotolando giù dalla collina.

Sembrava tesa, nervosa, anche se faceva di tutto per dissimularlo. Mentre Leila e Livio si raddrizzavano sul divano, la presidente Bradley disse che, dopo tredici anni di estenuanti negoziati, la comunità mondiale non era ancora riuscita a trovare un accordo sui possibili programmi di ingegneria climatica. Disse che in quei tredici anni il surriscaldamento del pianeta si era ulteriormente aggravato: l'anidride carbonica nell'atmosfera aveva ormai raggiunto le 560 parti per milione, il permafrost stava liberando ingenti quantità di metano, la capacità degli oceani di assorbire anidride carbonica era calata del settanta per cento, mentre i ghiacciai della Groenlandia si stavano ritirando più in fretta di quanto previsto. Con l'aumento delle temperature e i cambiamenti del clima che ne derivavano, anche gli Stati Uniti cominciavano ad avere difficoltà a procurarsi le risorse alimentari per i propri cittadini.

«Adesso, se ne accorgono...» bofonchiò Leila, mentre la presidente ammetteva per la prima volta che avevano ragione quelli che anni prima avevano sostenuto che si sarebbe dovuto puntare a tagli più radicali delle emissioni di anidride carbonica.

«Noi, nel frattempo, abbiamo comunque fatto la nostra parte» proseguì la Bradley. «Abbiamo incrementato l'energia solare e quella eolica, che sono ormai mature da parecchi anni, abbiamo costruito impianti per lo sfruttamento delle maree e dell'energia osmotica, siamo a buon punto sullo sfruttamento dell'idrogeno, i nostri fisici di diversi laboratori sono vicinissimi alla fusione nucleare boro-protone... »

« Bugiarda » la interruppe Leila, come se la presidente potesse ascoltarla.

« Shhh, fammi sentire » disse Livio.

« Purtroppo il latte è stato versato molto tempo fa » proseguì la presidente. « Anche se smettessimo in questo preciso momento di immettere anidride carbonica nell'aria, ci vorrebbero secoli per ritornare al clima precedente. Perciò, per combattere in maniera definitiva il surriscaldamento abbiamo bisogno di una pausa nell'aumento delle temperature, abbiamo bisogno di più tempo per approntare soluzioni a lungo termine al problema. E dobbiamo agire subito. Così, in mancanza di un accordo con le altre nazioni, vi annuncio che dalla mezzanotte di ieri ho dato autonomamente il via a un programma di geoingegneria che farà calare la temperatura media del pianeta. Inietteremo molecole di acido solforico dotate di potere riflettente negli strati superiori dell'atmosfera, in modo che rimandino parte della luce solare nello spazio. Posso assicurare che siamo perfettamente in grado di controllare questo complesso procedimento e che i rischi sono quasi inesistenti. Naturalmente, questo non significa che i programmi di eliminazione delle emissioni verranno abbandonati o rallentati, anzi, posso assicurarvi che si intensificheranno. Vi ringrazio. Dio benedica l'America. »

Il proiettore si spense automaticamente dopo l'inno nazionale, ma Leila e Livio rimasero in silenzio ancora a lungo. Avevano bisogno di tempo per riflettere.

Si erano lasciati alle spalle quasi duemila morti e avevano perduto più della metà dei carri, ma proseguirono ostinati verso nord. Del resto, non avevano altra scelta, anche se adesso, con così poca acqua e le razioni alimentari ridotte, arrivare all'Elba era un'impresa quasi disperata. La zona fra il Danubio e Hannover, tanto lontana dal mare, era infatti tra le più devastate dai cambiamenti del clima: lì la temperatura media era salita di più di sette gradi dall'inizio del secolo, portando piogge invernali talmente abbondanti da provocare allagamenti e inondazioni che la rendevano impraticabile; per questo le guide avevano dovuto evitare di attraversarla fra novembre e febbraio. Però, a causa delle modificazioni subite dalle celle di Hadley e di Ferrel, le responsabili della circolazione atmosferica che determinava il regime dei venti e delle correnti, tutta quell'acqua evaporava in un batter d'occhio ai primi caldi e se ne andava sotto forma di nubi verso il polo, rendendo il cuore continentale della vecchia Europa una distesa arida su cui ogni ciuffo d'erba moriva non appena si affacciava all'aria aperta. E infatti si ritrovarono a camminare in una piana semidesertica avvolti da un'aria immobile e rovente. La strada che percorrevano, cercando ogni tanto protezione nelle zone d'ombra sotto i fianchi delle colline, si snodava tra ciottoli grigiastri e cespugli secchi e ruvidi come filo spinato.

Adesso che erano riusciti a caricare la signora Vargas sopra un carro, Livio cercava di svuotare la testa concentrandosi soltanto sul ritmo dei propri passi, sul respiro faticoso, sul sole che gli mordeva la nuca, sulle mosche che gli si posavano addosso e non c'era modo di scacciare. Poi vide le guide che risalivano la colonna sulla destra, con i mitra in mano e le facce cupe. Yasmina e Selam aprivano la fila, Ursula, Blanca e Irina seguivano con le altre... Thérèse no, non c'era.

Non erano amichevoli gli sguardi che si posavano su quelle lacere uniformi azzurre mentre riprendevano le loro posizioni accanto alle unità. Anche Livio le fissò con intenzione, torvo, come se le guide fossero impassibili assassine, però non riuscì a fare a meno di pensare a cosa avrebbe detto Aziz: « O noi o loro », avrebbe sicuramente ripetuto; o trascinarsi dietro quei feriti per morire tutti, o coltivare ancora un morso di speranza. E tuttavia gli sguardi di tutta la colonna erano ispidi d'accusa, oppure carichi di una desolazione inerme, sguardi da pelle d'oca, muti, che venivano da un tempo lontanissimo, da prima che esistessero le parole.

Ogni tanto, Livio e Marta uscivano guardinghi dalla fila e si avvicinavano di soppiatto al carro con la signora Vargas: la trovavano quasi sempre addormentata, con Miguel che le camminava accanto tenendole la mano, senza mai lamentarsi per il dito steccato. Vincenzo, l'aiutante di sanità, diceva che la signora aveva brevi momenti di lucidità, ma che la maggior parte del tempo la trascorreva come in catalessi. Poi scuoteva la testa: non c'era da aspettarsi niente di buono.

Allora cominciarono a preoccuparsi per Miguel. Non aveva mai chiesto nulla, ma aveva capito che non avrebbe più rivisto Aziz; e con la madre in quelle condizioni era diventato cupo, scontroso, con un nervosismo da piccione nei movimenti. Ne aveva viste troppe per un ragazzino di undici anni. E non era ancora finita.

Livio lo sapeva: a quelle temperature, con l'acqua ulteriormente razionata, morire era la cosa più facile del mondo. In poche ore, il volume del plasma nel sangue diminuiva, i liquidi che inumidivano i tessuti e le ossa diventavano sempre più salati. Allora l'alimentazione delle cellule nervose si faceva irregolare, mentre le membrane e le pompe ioniche delle cellule smettevano di funzionare. Quando si esauriva l'acqua che consentiva di sudare, la temperatura corporea centrale aumentava. A 41 gradi e mezzo, il rivestimento dell'intestino cedeva, iniziava a rilasciare zuccheri ricchi di grassi nel flusso sanguigno, facendo intorpidire il cervello e innescando una reazione simile a uno shock settico. Bastavano quattro o cinque gradi in più della temperatura corporea per provocare un cedimento generale del sistema. Quel caldo, accoppiato alla mancanza d'acqua, era un killer che uccideva senza pietà. E infatti rimasero indietro a decine, a centinaia, con il volto e le labbra disseccati in un sorriso innaturale, un mostruoso ghigno immobile sotto gli occhi vitrei e fissi, mentre la pelle diventava di un grigio cinereo, con grandi chiazze e striature livide. Dovettero cominciare a bruciare i cadaveri; di giorno, perché quelle pire enormi richiamassero il meno possibile l'attenzione.

La signora Vargas resistette per un'altra settimana.

Quando, una mattina, Livio e Marta uscirono di nuovo dalla fila per controllare le sue condizioni, trovarono Miguel aggrappato alla sua mano ormai rigida e avvizzita. Le labbra erano scomparse, come se fossero state amputate, i denti protesi all'infuori e la carne ruvida e quasi nera. Dovettero faticare per staccare Miguel da quella mano. Poi volle a tutti i costi assistere al rogo. Guardò il corpo della madre accartocciarsi e consumarsi senza versare nemmeno una lacrima, rigido e inebetito, però, per quanto Marta, Livio e Sara cercassero di distrarlo o consolarlo, non parlò più per tutti i giorni che impiegarono ad attraversare quella crosta di terra spossata, su e giù tra i sassi, i rovi, le salite e le discese, con la colonna che si sfilacciava per la sete e la fatica. La sera, nemmeno a parlare di lezioni. Facevano stancamente le loro interminabili code, poi crollavano stremati, con la bocca arsa e nessuna voglia di parlare. Pochissimi avevano ancora la forza di andare a caccia o in cerca di cactus e agavi per procurarsi un po' d'acqua. Livio non riusciva nemmeno più a mettere insieme l'energia per acchiappare qualche ricordo, stanco di quella battaglia senza gloria con il vuoto e lo sconforto, di quel continuo duello con il proprio corpo, con tubi, membrane e pompe che per anni avevano svolto il proprio lavoro nell'ombra e improvvisamente affioravano alla coscienza sequestrando tutta la sua attenzione. Ma se morire era così facile, perché non capitava a lui, che ormai non desiderava altro?

Un pomeriggio, su una collina alla loro sinistra, videro da lontano la fortezza di Marienberg che incombeva sui campanili e le guglie di Würzburg. Sperarono che nell'alveo del Meno ci fosse ancora qualche riserva d'acqua e che non ci sarebbe stato bisogno di combattere per impossessarsene. Gli esploratori diedero il via libera: nessun segno di vita. In effetti, la città era semideserta, ma il fiume era completamente asciutto, e anche affondando l'unica idrovora scampata al saccheggio riuscirono a malapena a riempire due o tre carri serbatoio. La mattina dopo, passando sul Ponte Vecchio in direzione del duomo, attraversarono una città spettrale, disseminata di cadaveri recenti, accasciati sui cordoli dei marciapiedi o sugli usci delle case sventrate, scheletrici, con le costole sporgenti, l'addome appiccicato alla colonna vertebrale, gli occhi spalancati e le gengive nere. Rovistarono nelle case, in mezzo all'immondizia e alle macerie, tra gli oggetti abbandonati da quei morti o tra le cianfrusaglie sparse lungo la strada. Non trovarono nulla.

Nei giorni successivi, le razioni d'acqua vennero ulteriormente ridotte, ma loro ogni mattina ripartivano, tenaci e disperati, nell'aria che pesava addosso come una coperta, lasciandosi alle spalle qualcuno che non era riuscito a superare la notte, muti per la stanchezza, con una pesantezza alle gambe e i polmoni che già bruciavano in petto.

«Forza, forza» urlavano le guide, «non vi arrendete adesso...»

Alla fine della giornata, quando quei tramonti rosseggianti, sbalorditivi, visionari, incendiavano il cielo, Livio si sentiva la punta della lingua così dura da fare quasi rumore al contatto con i denti. Marta e Miguel, invece, avevano le palpebre screpolate e la pelle cotta, per cui non riuscivano né a chiudere gli occhi né a sdraiarsi per dormire. Una sera, le labbra e le gengive di Sara si spaccarono e cominciarono a trasudare sangue addensato: per qualche istante le procurarono una piacevole sensazione di umidità in bocca, ma subito dopo il dolore e la sete la fecero rotolare per terra. Livio le diede le poche gocce d'acqua che gli rimanevano. All'alba, guardò sorgere il giorno, una striscia di luce livida che tagliava orizzontalmente l'oscurità. Si rialzò sulla branda e si appoggiò sui gomiti. Rimase lì a lungo, nella luce tersa e fredda che riempiva lentamente il cielo, in quella morchia impastata di tempo, gli occhi chiusi, il respiro così flebile che faticava a uscirgli dal naso, poi guardò Marta, Sara e Miguel che dormivano accanto a lui. Fissandoli, pensò che alla morte bisogna arrivare come quando si nasce, leggeri, senza fardelli, senza rimpianti né paure. Lui, invece, non era ancora libero. Quei tre corpi addormentati lo legavano, gli sussurravano che la vita, perfino quello straccio che gliene era rimasto, ti mette di fronte a degli obblighi. Quando ti si presentano, bisogna accettarli e rispettarli, senza troppe storie. Perciò, per Marta, Sara e Miguel, lui non poteva morire. Non ancora.

Due sere dopo, a casa di Nasir, non si parlò d'altro. Quella del governo era una mossa rischiosa, e su questo tutti concordavano. Ma Dexter Gómez sosteneva che, a quel punto, fosse l'unica possibile.

«Voi della sinistra radicale» disse con la sua solita calma «reagite con orrore all'ingegneria climatica soltanto per partito preso. Ho paura che la vostra sia un'opposizione ideologica e non razionale, che la religione ecologista vi impedisca di pensare che i disastri causati dalla tecnica possano essere risolti, eventualmente, con più tecnica...»

«Non razionale?» lo interruppe Leila, molto meno calma di lui. «Prima di tutto, sai benissimo anche tu che immettere acido solforico nell'aria è una soluzione improvvisata, estrema... Nessuno ne ha studiato abbastanza le possibili conseguenze perché i fondi per quelle ricerche sono stati tagliati già da molti anni. E adesso che il governo è alle strette, ritira fuori quella vecchia idea, senza studi approfonditi, senza modelli validi. È questo che a me sembra irrazionale.»

Leila guardò di sottecchi prima Livio e poi Anita, come a cercare sostegno.

«Io non ci capisco nulla» disse allora Anita, «ma, per semplice buon senso, a me sembra assurdo aggiungere un inquinante nell'atmosfera per combattere gli effetti di un altro agente inquinante. Perché anche l'acido solforico è pericoloso, non è vero?»

Tutti annuirono. Avrebbe provocato danni allo strato d'ozono e molte morti per malattie polmonari. E a quel punto intervenne Julio, il compagno di Dexter. Era un ingegnere, specialista di turbine eoliche.

«Già, però è l'unica cosa che possiamo fare per noi adesso, in questo preciso momento. Voglio dire che ogni riduzione delle emissioni di anidride carbonica funzionerà soltanto per i nostri nipoti, invece questi interventi di ingegneria climatica servono a noi, ora. E ne abbiamo urgente bisogno.»

A Livio, le argomentazioni di Julio e Dexter ricordavano quelle di Víctor quando erano giovani. Perciò si costrinse a esaminarle con attenzione, a pensare che, come Víctor tanti anni prima, non avessero tutti i torti. Eppure, come l'accesa discussione di quella sera mise in chiaro, la lista dei motivi per essere contrari agli interventi di ingegneria climatica era davvero lunga: anche se il pianeta si fosse raffreddato di qualche grado, gli oceani avrebbero continuato a diventare più acidi, con effetti catastrofici sulla vita marina; inoltre, molti climatologi pensavano che l'immissione di acido solforico nella stratosfera avrebbe alterato i monsoni asiatici e africani, provocando una riduzione delle precipitazioni sulle aree che producevano le risorse alimentari per miliardi di persone, esponendole al rischio di morire di fame...

«Il vero problema» intervenne Andrea, che fino a quel momento era rimasta stranamente in silenzio «è che nessun intervento di geoingegneria può produrre un effetto esattamente opposto a quello dell'anidride carbonica. Potremmo riuscire a mantenere costante la temperatura media del pianeta o perfino a riportarla ai valori che aveva cento o duecento anni fa, ma il clima che otterremmo non potrà essere esattamente uguale a quello che c'era prima. A quanto ne sappiamo finora, questi interventi provocano conseguenze diverse a livello locale: potrebbero far aumentare le piogge in una regione e diminuirle in altre. Ogni cambiamento del clima potrebbe essere dannoso per alcune popolazioni, mentre potrebbe essere vantaggioso per altre. Anche nel migliore dei casi, la situazione di alcune aree peggiorerebbe, forse aumentando la siccità, e allora si scatenerebbe il tutti contro tutti. A quel punto chi deciderebbe se è ora di smettere di pompare acido solforico? Chi avrebbe il dito sul telecomando? »

Andrea Svensson aveva ragione: un controllo serio della geoingegneria avrebbe avuto bisogno di nuove forme di governo a livello mondiale, e invece non esisteva più neppure un abbozzo di accordo per un controllo globale del clima. Perfino Dexter Gómez, onestamente, annuì. Si era fatto tardi, Nasir stava già salutando gli altri sulla porta di casa, quando Dexter batté la mano sulla spalla di Livio e confessò che insomma, sì, lo avevano convinto: il governo aveva fatto una pessima mossa.

« E secondo me, il rischio maggiore è che adesso molti stati si mettano a fare interventi simili in maniera caotica. E allora ne perderemmo completamente il controllo. »

Dexter Gómez non poteva saperlo, ma la sua fu quasi una profezia. Nei mesi successivi, la Cina, l'India, il Canada, il Pakistan, il Giappone, il Brasile e altre nazioni, sentendosi autorizzate dall'iniziativa degli Stati Uniti, adottarono una vecchia idea di John Latham e Stephen Salter: flotte di navi controllate da satelliti cominciarono a irrorare di minuscole gocce d'acqua marina l'aria sottostante un certo tipo di nubi, gli stratocumuli marittimi, per aumentarne il potere riflettente e ottenere lo stesso effetto dell'acido solforico nella stratosfera. Il vantaggio di quel tipo di intervento era che costava davvero pochissimo rispetto all'altro, cosicché sempre più stati cominciarono a impiegarlo. Sei anni dopo, la temperatura media del pianeta era effettivamente scesa di poco più di un grado, ma il regime dei monsoni era stato completamente alterato, mentre la cella di Hadley, la responsabile delle precipitazioni all'equatore e della fascia dei deserti tropicali, aveva subito profonde modificazioni, con conseguenze devastanti anche sulle correnti oceaniche. I raccolti di molte zone fino a quel momento fertili andarono in fumo. La nuova Autorità mondiale sul Clima ordinò di fermare immediatamente tutti gli interventi di geoingegneria. Il mondo intero sperò che non fosse ormai troppo tardi.

La terra della pista si attaccava al poco sudore che riuscivano a produrre e restava lì, sulla pelle, incrostata e nera come sangue rappreso. Su quel terriccio polveroso il sole batteva così forte che sembrava calpestarlo insieme a loro mentre, giorno dopo giorno, superavano le macerie di Werneck, Schweinfurt, Münnerstadt, Sondheim, girandovi attorno per evitare brutti incontri. Poi, appena entrati in Turingia, all'altezza di Erbenhausen, le guide li fecero deviare verso est per incrociare il corso del fiume Werra. Quando lo raggiunsero, a Walldorf, lo trovarono completamente secco, ma la mattina dopo arrivò l'ordine di proseguire ugualmente verso nord seguendo il suo alveo, tenendosi addossati alle colline basse che lo fiancheggiavano.

Ogni passo un tormento, in quella sabbia molle; ogni

respiro un ansito per ingoiare l'aria che colava giù rovente, quasi solida. E più avanzavano in quel paesaggio lunare, più il tempo sembrava ristagnare e non passare mai, perché anche l'aumento della temperatura corporea rallenta la percezione dello scorrere del tempo da parte del cervello. Ma a cosa serviva saperlo?

Vincendo la stanchezza, gli occhi di Livio seguivano le guide come mosche, concentrati sui loro movimenti, sui gesti sbrigativi, sugli ordini impartiti a mezza voce agli esploratori, sui loro andirivieni da un'unità all'altra lungo la colonna sempre più sfibrata, finché si ritrovò a pochissimi metri da Yasmina. I suoi capelli neri si erano fatti sudici, grumosi; soltanto gli occhi azzurri brillavano sulla faccia sporca.

«Cosa stiamo facendo?» le gridò. «Perché ci avete portato su questo cazzo di fiume? Non lo vedete come siamo ridotti?»

Yasmina si fermò, lo fissò senza sbattere le palpebre, nonostante il sudore che le brillava sulle ciglia, si sollevò il berretto e tentò di ravviarsi i capelli.

«Tranquillo» gli rispose calma. Poi fece un gesto col mento verso valle, dove l'alveo curvava sulla sinistra. Stringendo gli occhi, Livio seguì il suo sguardo nella luce che faticava a penetrare la canicola di mezzogiorno. All'inizio vide solo la polvere, il riverbero del sole sulla sabbia grigia, poi scorse la macchia: una barbetta rada di erba giallastra e qualche cactus. Era minuscola, meno di mezzo metro di lunghezza, però voleva dire che un filo d'acqua o di umidità arrivava fin lì da chissà dove. E infatti il giorno dopo li fecero accampare dietro una collina molto prima del tramonto. Le guide e gli esploratori partirono appena fece buio, armi in pugno, in formazione da combattimento. Nella notte, Miguel piagnucolò nel sonno. Livio gli accarezzò i capelli e lo abbracciò.

« Shhh » mormorò, « va tutto bene... »

Le guide tornarono all'alba, e la colonna si mosse di nuovo, attraversando i binari di una ferrovia ferma da anni. Non c'era stata quasi battaglia: le poche centinaia di persone accampate attorno a una serie di piccoli laghi dalle parti di Immelborn avevano opposto pochissima resistenza ed erano scappate quasi subito, rifugiandosi su un'altura. Gli addetti all'idrovora poterono affondarla in quella fanghiglia marrone e tirare su qualche carro d'acqua da filtrare.

Invece attorno al Kiessee, a Gottinga, c'erano perfino radi alberi dal fusto sottile, c'era una bidonville di centinaia di baracche afose sulle rive, con strade di terra ricavate dagli spazi fra le case, c'erano donne sugli usci che macinavano qualcosa nei mortai di legno, c'erano bambini che s'inseguivano nella polvere, c'erano ragazzi che trascinavano carretti con le ruote di gomma, c'erano uomini che lavoravano con i piedi affondati nel fango secco del lago, c'era una bambina accucciata sui talloni che li guardava sfilare, immobile, con una canna in mano.

Non attaccarono. Scambiarono un po' d'acqua con pochi soldi e qualche razione alimentare, perché ormai ce l'avevano quasi fatta: a pochi chilometri da lì, a Hildesheim, cominciava la pianura costiera, dove finalmente il clima sarebbe stato meno spietato. La raggiunsero un pomeriggio in cui l'aria sembrava di ferro, densa di un odore elettrico. Davanti a loro c'era soltanto terra, terra piatta e incolore che all'orizzonte si confondeva con il cielo.

« Guardate » disse Miguel.

Fu la prima parola che pronunciò dopo settimane, indicando un groppo di nuvole nere, lontanissime, sul mare, verso nord. Sorridendo, Livio gli scompigliò i capelli incrostati, poi allargò le narici, incredulo: era una brezza, un movimento d'aria quello che sentiva? Rimasero tutti pietrificati a fissare le nubi che sembravano avvicinarsi veloci. Nel cielo si scarabocchiò una linea frastagliata, il graffio di un fulmine lontano, pieno di screziature viola. Sentirono un odore di ozono, sentirono l'eco flebile dei tuoni. Qualche minuto dopo, riuscirono a scorgere la pioggia, che però non toccava terra, scompariva mentre cadeva, inghiottita dal caldo, finché una, due, tre gocce schioccarono nella polvere davanti ai loro piedi come monete. Per pochi secondi, sottili perle d'acqua colpirono il suolo, evaporando subito dopo sulla terra bollente. Poi, quella finta pioggia finì. E la colonna si rimise in marcia nell'aria lattiginosa.

Approfittando del calo dei prezzi dovuto allo scoppio dell'ennesima bolla immobiliare, Livio e Leila contrassero un piccolo mutuo e riuscirono a comprare una casa in Stockbridge Avenue a Redwood. Era una villetta bassa, con un garage, un portico e un giardino, ormai cementato, dove sopravvivevano soltanto una robinia e un eucalipto. La inaugurarono pochi giorni prima delle elezioni di metà mandato del 2050, quelle in cui la Coalizione di Dio del reverendo Thomas Hayne ottenne a sorpresa venti senatori e centoquaranta rappresentanti al Congresso, facendo tremare i democratici e i repubblicani. Perciò Livio e Leila non ebbero molta voglia di festeggiare: i seguaci di Hayne non erano l'esatto equivalente occidentale dei talebani del secolo precedente, ma ci andavano molto vicino. Si consideravano lo strumento con cui Dio avrebbe punito gli americani per i loro peccati: cristiani tradizionalisti, erano contro il divorzio, l'aborto e i matrimoni fra persone dello stesso sesso, ma sostenevano anche l'imposizione dell'insegnamento del creazionismo nelle scuole; ferocemente xenofobi, promettevano di cacciare dagli Stati Uniti tutti gli «stranieri», specialmente i *latinos* e i musulmani; praticamente neoluddisti, imputavano il cambiamento climatico alla tecnologia, perversa invenzione del demonio, e minacciavano perfino di vietare ai privati l'accesso alla Rete. Nel giro di qualche mese, i disordini sociali e gli scontri etnici aumentarono d'intensità e provocarono centinaia di morti, mentre decine di migliaia di cittadini abbandonarono i quartieri «misti» per ragioni di sicurezza. Tutto ciò che era sopravvissuto della cultura aperta e permissiva ereditata dal ventesimo secolo venne messo sotto attacco.

Non ci voleva. Proprio nel momento in cui Livio e Leila avevano scommesso sul loro futuro negli Stati Uniti, quel futuro si richiudeva su di loro come un pugno, si attorcigliava attorno alle loro vite lasciandoli quasi senza vie di scampo. E tuttavia, siccome senza futuro anche il presente è solo caos e disordine, siccome se si pensa troppo all'avvenire non è possibile vivere nemmeno nel presente, all'inizio dell'anno successivo Leila e Livio trovarono una nuova motivazione per andare avanti, per guardare al futuro in punta di piedi, per quanto appoggiati sulle sabbie mobili.

Una sera di marzo, Leila tornò a casa raggiante. Ancora prima di aprire la porta, stava già urlando: «Ci siamo, ci siamo!»

Livio uscì di corsa dallo studio e le andò incontro con un punto interrogativo disegnato sulla faccia. Era successo che, rivedendo i risultati delle collisioni dell'anno prima, Andrea, Leila e il loro gruppo avevano trovato un'evidenza delle particelle di Kaluza-Klein.

«Tre sigma, tre sigma, capisci?»

«No, non capisco» le rispose Livio.

Allora lei gli spiegò che, per i fisici sperimentali, un sigma era uno scostamento dai valori normali, una deviazione sopra il segnale di fondo, l'indizio che poteva esserci qualche particella sconosciuta. Ma uno o due sigma, una o due deviazioni, non bastavano: venivano ancora trattate come fluttuazioni statistiche. A tre, si cominciava a parlare di evidenza; a cinque, si poteva finalmente dichiarare una scoperta. Per adesso, loro erano ancora a tre sigma, avevano soltanto un forte indizio dell'esistenza di quelle sfuggenti particelle, però tre anni dopo, nel successivo *run* del SuperSlac, quando l'acceleratore sarebbe ripartito con maggiore potenza e luminosità, erano sicure che avrebbero trovato la prova definitiva dell'esistenza di altre dimensioni.

«E come fate a esserne così sicure?»

«Perché queste particelle di Kaluza-Klein sono la prova inconfutabile che esistono dimensioni extra, e studiandole potremo arrivare a capire anche come sono fatte quelle dimensioni, quanto sono piccole e com'è la loro geometria... È roba da Nobel, capisci?»

A quel punto, Leila si aggrappò al collo di Livio e gli piantò le cosce sui fianchi, mentre lo baciava a ripetizione e lui la faceva girare vorticosamente, finché caddero a terra, felici.

Era straordinario. Come entrambi sapevano da molto tempo, in quel territorio le loro ricerche si incontravano, perché anche Livio aveva lavorato a lungo sull'ipotesi che la percezione umana di tre sole dimensioni spaziali fosse legata alla struttura e al funzionamento del cervello. Con i suoi studi, anche lui aveva contribuito a chiarire che ciò che noi percepiamo è in buona parte regolato da criteri innati, da regole che l'evoluzione biologica ha inciso nell'architettura dei nostri neuroni. Non possiamo farci niente: in qualche modo siamo costretti a percepire il mondo così come lo percepiamo, anche se sappiamo che i nostri sensi ci stanno ingannando, perché le percezioni non sono semplici registrazioni di quanto accade all'esterno dei nostri corpi, ma costruzioni conformi ai criteri innati che abbiamo dentro di noi. Quasi due secoli prima, il grande Poincaré aveva ipotizzato che le nostre rappresentazioni istintive dello spazio dipendessero dal funzionamento delle parti più elementari del sistema nervoso, come i cosiddetti canali semicircolari, che sono tre, situati nelle orecchie e perpendicolari tra loro. Forse, azzardava Poincaré, il fatto che per noi lo spazio ha tre dimensioni dipende proprio da quei tre canali; forse un animale che ne possedesse solo due percepirebbe uno spazio bidimensionale. Ora, con la scoperta che Leila stava per fare, quell'ipotesi sembrava confermata. E forse ciò che valeva per lo spazio era valido anche per il tempo, come quarant'anni prima avevano congetturato l'italiano Carlo Rovelli e altri fisici teorici. Forse lo scorrere del tempo era solo un'illusione...

Erano così eccitati che decisero, senza nemmeno bisogno di dirselo, di provare ad avere un figlio. Alla vecchia maniera, carne su carne, così come veniva: senza fecondazione in vitro, programmazione genetica o gravidanza esterna. Era il loro modo di scommettere, nonostante tutto, sul futuro.

Poche ore prima di arrivare a Hannover, avvolte nella polvere, videro le palme. Tre o quattro ai bordi di un canale secco, poi una ventina, piantate come chiodi in mezzo alla pianura: maestose, con il fusto a scaglie, il ciuffo sulla cima, imporporate dal sole già abbastanza basso, sopravvissute dai tempi del Cretaceo ed emigrate a nord per sopravvivere. Miguel le osservò affascinato. Ci mancò poco perché chiedesse cosa fossero, però doveva averle già viste in qualche libro.

«Ma ci saranno i datteri?» domandò alla fine.

«No, quelli no, non credo» gli rispose Livio.

I datteri non c'erano. Invece, alla periferia di Hannover, c'era qualche bambino avvolto dalle mosche, c'erano uomini che trasportavano legna per il fuoco e li fissavano, c'erano donne scalze con i figli legati sulla schiena, con i vestiti colorati e i veli, oppure con le taniche d'acqua sulla testa. Una di loro inciampò, cadendo a pochi metri dalla colonna, e Marta e Sara uscirono dalla fila per darle una mano. Raddrizzarono subito il bidone per evitare che ne uscisse altra acqua, poi aiutarono la donna a rialzarsi. Era alta, bionda e doveva essere ancora giovane, ma sulla pelle chiara, nordica, il sole aveva disegnato una ragnatela di rughe e di macchie che lasciava ormai affiorare i lineamenti di un'anziana. Fece soltanto in tempo a ringraziare, a dire che si chiamava Hilde e che viveva nella baraccopoli sul Sonnensee, nel quartiere di Misburg. E a quel punto arrivò Selam, una delle guide.

«Tornate nella fila, presto» ordinò, indicando la colonna con la punta del fucile.

«E dài, un secondo solo...» le rispose Sara. «Si è fatta male, vedi?»

«Non m'interessa. Vi ho detto di tornare in fila.»

Che rabbia, che impotenza. Però era la regola, una di quelle dettate alla partenza: niente contatti con chi non era della spedizione. E infatti erano mesi che Marta e Sara non parlavano con qualcuno che non fosse un viaggiatore come loro. Adesso, forse, avevano bisogno di raccogliere tutte le parole che si erano lasciate indietro, quelle che la stanchezza, la disperazione, la sete avevano fatto accalcare sulle loro lingue. A Livio, che aveva rallentato per controllare cosa succedeva, sembrò di cogliere un guizzo negli occhi di Marta, la scintilla premonitrice che si sarebbe avventata come una furia contro Selam. L'amigdala, l'ipotalamo: in un decimo di secondo, il suo cervello gli trasmise un segnale di paura. Doveva intervenire, cercare di fermarla, ma Hilde capì tutto e fu più rapida: un cenno con gli occhi a Marta e Sara, sulle labbra una piega che poteva essere un sorriso, poi raccolse la tanica, se la rimise sulla testa e prese a camminare sfacciatamente accanto alla colonna. In silenzio. Un passo dopo l'altro. Ostinata. Fin quando Selam fu chiamata al comando di unità e lasciò perdere. Allora Marta, Sara e Hilde cominciarono a parlare come fanno le donne fin dall'inizio del mondo, fitto fitto, perlustrando i dintorni con lo sguardo che brillava, senza paura di fare domande, un po' in tedesco, un po' in inglese e in arabo.

Livio origliava distrattamente, camminando con un braccio sulla spalla di Miguel. Sentì Hilde dire che in quel momento era tempo di secca, che anche nel centro di Hannover, per quanto diroccato e in rovina, ci viveva molta gente, ma che, bene o male, lì si sopravviveva. Sentì Marta e Sara riassumere la loro avventura, tralasciando molti particolari che a lui sembravano fondamentali, ma non disse nulla. Sentì Hilde raccontare che stava lì da meno di un anno, che prima aveva tentato tre volte di arrivare in Svezia, ma una volta era stata derubata dai trafficanti e le altre due arrestata dalla polizia scandinava e rimandata indietro. Poi, un paio di chilometri più tardi, la vide tagliare la colonna e allontanarsi con il suo bidone in testa verso la luce esaltata del tramonto.

Quella sera si accamparono a qualche centinaio di metri da un piccolo lago dal nome impronunciabile a nord della città. Ogni unità si dispose a cerchio, protetta dalle guide, perché gli esploratori avevano detto che sarebbe stato meglio stare alla larga da quelli che abitavano sulle sponde. Le code alla latrina, ai carri di filtraggio per pisciare, a mensa, furono più brevi, perché ormai la colonna era ridotta a un moncone, poi si sistemarono per la notte, loro quattro uno accanto all'altro, come accadeva da diversi giorni.

La terra intorno si fece lentamente buia, di un buio lercio, senza montagne ritagliate nell'oscurità da oceano, in quella nudità senza difese. E Marta e Sara dovevano temere quel buio e quel silenzio perché non la smettevano più di parlottare per riempirli, di domandarsi cosa le aspettava, se erano vere le storie che aveva raccontato Hilde, se un po' più a nord avrebbero trovato finalmente quello che cercavano, perché lì intorno era perfino peggio delle città che avevano lasciato.

«Questa mi sembra l'Africa di cent'anni fa» disse avvilita Marta.

«Perché» domandò Sara, «com'era l'Africa di cent'anni fa?»

Livio e Marta le risposero all'unisono, allargando le braccia e sorridendo nel buio.

«Così. Era così» le dissero.

Matías nacque all'una e dieci dell'ultima notte di agosto, nel pieno della più grave crisi idrica che gli Stati Uniti avessero mai sofferto. I bacini californiani erano completamente a secco e l'acqua arrivava nelle case, come un rivolo asmatico e stentato, soltanto per un paio d'ore ogni quattro o cinque giorni. Un mese prima, il governo era stato costretto a ordinare di evacuare Phoenix, Las Vegas e altre dodici città dell'interno, perché i costi del loro approvvigionamento idrico erano diventati insostenibili, e aveva iniziato la grande operazione di trasferimento degli abitanti nelle zone poco popolate ai confini con il Canada. Disordini e violente rivolte erano scoppiate un po' in tutto il paese, provocando decine di morti. La gente era stufa: della siccità, degli incendi, dei tifoni, delle inondazioni, delle malattie tropicali, degli esodi forzati, dell'insicurezza, della violenza, dei giornalisti, degli scienziati, degli uomini politici che blateravano sui mezzi di comunicazione. Forse per questo, qualche mese dopo, anche parecchie probabili future vittime degli « uomini di Dio », parecchi americani di origine messicana, araba o asiatica, votarono per il reverendo Thomas Hayne e contribuirono a farlo diventare a sorpresa, per una manciata di voti e grazie all'elevatissimo astensionismo, il cinquantesimo presidente degli Stati Uniti.

C'era da preoccuparsi, e molto. Ma Livio e Leila erano così concentrati a godersi il loro primo figlio che gli eventi di quei mesi scorrevano come una musica di sottofondo, un film che guardavano inquieti, ma senza troppa attenzione. Matías era la cosa più bella che fosse mai capitata nella loro vita, anche se, tra il lavoro, i pannolini, le pappe, i giochi, le coccole e gli inutili tentativi di farlo dormire, le loro giornate erano così intense che il tempo sembrava avvitarsi in un gorgo velocissimo. E mentre lo vivevano, quel tempo così rapido, che non dava respiro, provavano già il rimorso di non ricordare abbastanza, di avere conservato solo qualche immagine sfocata di quei mesi. Per Livio, perfino la nascita di Matías, sotto i suoi occhi, era ormai solo un confuso pastrocchio di sensazioni forti, fiotti di adrenalina, groppi di gioia e di meraviglia in gola. La sera, mentre provava a raccontargli una storia, mentre lo guardava trangugiare il suo succo polivitaminico sperando che chiudesse in fretta gli occhi, fissava i suoi piedi, la sua manina che si muoveva scavandosi i capelli, e sentiva la vita di Matías pulsare sulla sua pelle come una scottatura, una ferita di cui andava orgoglioso, che lo commuoveva quasi fino alle lacrime. Molto spesso, osservandolo dormire, magari steso accanto a lui, si rivedeva in quegli occhi, in quel naso, in quei capelli, e immaginava ciò che vedeva Matías quando lo guardava, ricordava ciò che vedeva lui quando, da bambino, guardava suo padre, risentiva il suo odore nelle narici e si chiedeva se anche Matías, da grande, avrebbe ricordato il suo. A volte quelle sensazioni erano tanto forti che il tempo gli si confondeva e Livio non sapeva più se era padre o figlio, in quale punto della catena della vita si trovava. A volte gli voleva così bene che gli faceva male.

La strada si snodava dritta come un filo a piombo in mezzo alla pianura, ma in lontananza sembrava restringersi, sfumando in una massa di calore che incurvava la luce desolata. E oltre quella luce liquefatta c'era Celle. Quando ci entrarono, nel tardo pomeriggio, li accolse lo spettacolo da incubo di un treno che penzolava da un ponte travolto da una piena dell'Aller, ridotto adesso a un rivolo scuro e puzzolente. D'inverno, però, il fiume doveva essere più gonfio e consentire un po' di agricoltura perché, davanti al castello diroccato e nelle stradine fiancheggiate da antiche case a graticcio, c'era perfino qualche bancarella di zucchine, patate, pomodori. Chi aveva soldi ci si avventò come un predone, sapendo che non sarebbero bastati per tutti. Anche Livio mise mano al portafoglio, faticando a ricordare la combinazione, e nella ressa, mentre le guide urlavano inutilmente di tornare nella colonna, riuscì a procurarsi tre patate e due pomodori, cari come diamanti. Quella sera, quando si accamparono a un paio di chilometri dalla città, li divisero fra loro quattro, centellinando ogni boccone. Bastavano, come sempre, quelle cose minime, quell'inesplorata intimità tra di loro o tre quarti di patata, perché la vita recuperasse un gusto, una ragione.

«Ma qui» chiese Miguel, quando ebbe finito di assaporare il suo mezzo pomodoro, «adesso non c'è più pericolo, è così?»

«Non c'è finché restiamo tutti insieme» gli rispose Livio, la voce che mormorava in mezzo al buio. «Se gli altri non ci attaccano, è perché siamo in tanti. Organizzati e armati. E siccome loro bene o male sopravvivono, preferiscono non andare in cerca di guai.»

Ora che la temperatura si era fatta meno asfissiante, anche di notte si dormiva meglio. Soltanto Livio continuava a rigirarsi sulla branda, attento ai rumori che arrivavano a folate, a non aprire lo scrigno dei ricordi dolorosi, aspettando i primi cedimenti dell'oscurità, il primo impercettibile filo grigio in fondo all'orizzonte. Perciò era già sveglio quando sentì quel debole rimbombo, trascinato da un vento che si era fatto più intenso, carico di elettricità, profumato di pioggia. Si voltò verso ovest, verso un banco di nuvole scure attraversate da fasci di luce. Un lampo improvviso palpitò per qualche istante nel cielo ancora buio, poi unì le nubi e la terra con uno schiocco assordante. Qualche secondo dopo, arrivò un altro tuono, un ruzzolio prolungato e fragoroso. Il diavolo che va in carrozza, diceva sua madre. Stavolta sì, era un temporale estivo che si avvicinava. Allora Livio svegliò tutti quelli che riuscì a svegliare prima che uno scroscio violento li schiacciasse mentre ballavano nudi sotto l'acqua con i palmi in alto, a bocca aperta, ingoiando le gocce, abbracciandosi felici. La pioggia durò dieci minuti, un quarto d'ora, poi smise come aveva cominciato, di colpo, ma fu abbastanza perché all'alba si rimettessero in cammino rinvigoriti, pieni di speranza, inoltrandosi nella landa di Lüneburg e puntando verso Soltau.

Fu allora che Marta si avvicinò a Livio e gli prese la mano, intrecciando le dita con le sue. Camminarono così per più di un chilometro, poi lui disse che voleva prendere il binocolo dallo zaino e riuscì a liberarsi. Lei finse di non accorgersene.

«Pensi che in Scandinavia sarà meglio?» chiese.

«Sicuramente» le rispose lui, con gli occhi appiccicati alle lenti, mostrandosi interessatissimo all'orizzonte.

«Questa è solo una terra di nessuno, un limbo tra l'inferno e il paradiso...» aggiunse sforzandosi di sorridere.

Ai lati della strada, dove qualche decennio prima c'era stata una brughiera, una distesa brulla di migliorini flessuosi e brughi lilla, adesso si scorgeva una macchia di arbusti bassi, di fichidindia, di acanti e lentischi, spruzzata dal verde dell'erba appena rinvigorita dalla pioggia. Qua e là qualche ciuffo di spino, un oleandro, un carrubo solitario, un groppo di palme. A volte, in lontananza, si intravedeva un asino selvatico che strappava a morsi un cespuglio. Dopo tanti anni, faceva male agli occhi, tutto quel verde. Il cervello quasi faticava a processare quella lunghezza d'onda e a ricrearla come un colore.

«Però anche qua non è per niente male, no?» sorrise Marta. Gli occhi le sfavillarono mentre lo diceva.

Livio era vecchio, ma nella sua lunga vita non aveva mai visto un sorriso come quello: così infelice, ma nello stesso tempo così perfettamente saggio e malizioso.

Quando Matías cominciò a camminare e a parlare, lo iscrissero alla Bing Nursery di Stanford. La frequentava anche Jhumpa, la figlia di Anita e Susan, di due o tre anni più grande, che divenne immediatamente il suo idolo: Matías la seguiva ovunque andasse e, nel caso, faceva perfino a botte con gli altri bambini per difenderla. Nulla lo rendeva più felice delle frequenti visite di Jhumpa e della madre a casa loro, e le aspettava con un'eccitazione che lo rendeva ancora più irrequieto del solito. Era, comunque, un ragazzino socievole, curioso, sveglissimo.

Insomma, una specie di terremoto. Quando non era impegnato a saltare giù dai tavoli o a srotolare chilometri di carta igienica per le stanze, cercava tesori seppelliti dai pirati in giardino o si arrampicava sulla robinia con un'agilità da gatto. I genitori, ovviamente, lo trovavano simpatico: dicevano, molto compiaciuti, che era un morso di teppista e aveva già capito tutto della vita, che nei momenti difficili sapeva sfoderare un sorrisino che li faceva squagliare, un'ironia e una ruffianaggine che li lasciavano sbalorditi, senza più risorse.

L'iscrizione di Matías alla nursery restituì a Leila e Livio un po' di tempo e di energie, che poterono dedicare al lavoro e a riaffacciarsi al mondo. Quello che li circondava non era un panorama consolante, però sembrava meno peggio di quanto avessero temuto. Il calo degli studenti stava diventando critico e qualche collega era stato già licenziato, ma loro, a causa delle ricerche di punta in cui erano impegnati, si sentivano più o meno al sicuro. Anche sul fronte politico la situazione era grave, ma non catastrofica. In quel primo anno, in realtà, il presidente Hayne non aveva premuto troppo sull'acceleratore: si era limitato a inasprire le già severe leggi sull'immigrazione e sulla cittadinanza, a lanciare qualche battaglia per imporre il creazionismo nelle scuole, a tentare qualche censura sulla Rete, ma si era concentrato soprattutto sul rafforzamento dei servizi segreti, dell'esercito e della polizia per tenere a bada lo scontento della popolazione. Aveva perfino dichiarato di appoggiare l'istituzione di una nuova Autorità mondiale sul clima. Tra i loro amici, qualcuno tirava profondi sospiri di sollievo:

in fondo Hayne non era poi tanto male, il diavolo non era così brutto come lo si dipingeva. Per qualche mese, Leila poté dedicarsi a preparare il nuovo *run* del SuperSlac e a calibrarlo per la ricerca delle particelle di Kaluza-Klein, mentre Livio riprese le vecchie indagini sulla percezione dello spazio e del tempo da parte del cervello. Nessuno dei due lo confessava, forse neppure a sé stesso, ma puntavano a Stoccolma. Due Nobel nella stessa famiglia, era già successo molte volte: a Marie Curie e al marito Pierre, alla loro figlia, Irène Joliot-Curie, e a suo marito Frederic, a Joseph John Thompson e al figlio George Paget, a Niels Bohr e al figlio Aage, ai fratelli Jan e Nikolaas Tinbergen, e a tanti altri ancora. Perché non sarebbe potuto capitare anche a loro?

BERGEN-BELSEN MEMORIAL, 3 KM. Il cartello era stinto e arrugginito, ma si leggeva ancora, sbilenco accanto al ciglio della strada. La colonna avanzava sotto un sole lento che brillava alla loro destra, sospeso a pochi metri dall'orizzonte. Intorno a loro, tutto era tranquillo, ma Livio camminava con una faccia da cane bastonato, smadonnando a bocca chiusa. Ogni tanto, senza voltarsi, avvertiva quello sguardo posato su di lui, carico di malinconia muta, e lo squassava una fitta alla bocca dello stomaco. Per evitare problemi, non si staccava da Miguel, si sforzava di chiacchierare con Martelli o con la signora D'Amico nella fila davanti, ma quella fissa in testa non lo abbandonava. Le donne, in fondo, non le aveva mai capite, però, a quel punto, perfino un cieco si sarebbe accorto che a Marta, insomma, lui non dispiaceva. E invece era impossibile. Innanzitutto aveva su per giù trent'anni più di lei, e poi con quella roba aveva chiuso sedici anni prima, e morta lì. Basta, finito. Non si discuteva. Ma come fare a dirglielo senza che lei ci rimanesse male, senza ferirla, senza guastare tutto?

« Cos'è questo Memorial? » gli domandò Miguel a bruciapelo mentre passavano davanti al cartello.

Lui sobbalzò. Lasciò che si spegnesse in aria il lungo raglio di un asino lontano, che si sentisse solo il mormorio della leggera brezza da nordest.

« Ma niente, un monumento... »

« Un monumento a cosa? »

Allora preferì non dirglielo. Ne sapeva già troppe, quel bambino.

« A una vittoria in guerra, non mi ricordo quale... »

Invece un po' più avanti, quando si accamparono per la notte accanto a una palude a tre o quattro chilometri a ovest di Münster, forse per evitare di pensare ai suoi imbarazzi con Marta, Livio raccontò a Miguel e a Sara della repubblica degli anabattisti di mezzo millennio prima, dei beni messi in comune e dell'abbattimento dei privilegi, di Jan Matthys che attraversava la città a piedi nudi nella neve alta urlando « Pentitevi! », dell'immane rogo dei libri che non fossero la Bibbia, della morte di Matthys, del suo corpo portato sotto le mura della città dai seguaci del Vescovo e trafitto più volte con le spade, della dittatura di Giovanni di Leida, delle sue nozze con l'ex moglie di Matthys, la bellissima Divara dagli occhi azzurri, dell'introduzione della poligamia, dell'assedio e della resistenza della città, della sanguinosa repressione contro i dissidenti, delle donne che si erano rifiutate di sposare uomini già ammogliati ed erano state lasciate allo scempio della folla e barbaramente uccise, e poi, sempre più accalorato, di Giovanni di Leida che si proclamava profeta e Re della Nuova Sion, delle rivolte e delle congiure, del tradimento e della battaglia sotto la pioggia battente, della vittoria degli episcopali, dei saccheggi e delle decapitazioni, del fetore dei cadaveri e del sangue, del supplizio del profeta sconfitto, dei pezzi di carne che gli erano stati strappati e delle pugnalate che gli erano state inferte, del suo cadavere esposto in una gabbia appesa per giorni e giorni alla torre della cattedrale...

Quando finì di parlare, Miguel e Sara si erano addormentati.

« Belle storie, che gli racconti... » lo rimproverò dolcemente Marta.

La notte era quasi tiepida e il buio, grazie alle rare stelle che adesso occhieggiavano nel cielo, era diventato meno fitto. Dalla palude, a tratti, insieme al vento arrivava un gracidio.

« Sentito? C'è perfino una rana... » sussurrò lei.

« Se è per questo, ci sono anche le zanzare » replicò Livio, grattandosi un braccio.

Non riuscirono a ricavare altro da quell'argomento, e ripiombarono nel silenzio. Allora Marta si avvicinò cauta e appoggiò la testa sulla spalla di Livio. Il sangue gli batté nelle tempie come un rullo di tamburi, ma lui aprì ugualmente il braccio per avvolgerla, sperando che tutto finisse lì. E invece, dopo un minuto, due, chissà, lei sollevò il busto da terra e lo baciò. Lo baciò a lungo, affondando la lingua tra i suoi denti, sbirciandolo con gli occhi semichiusi. Un rossore, una pausa, un respiro profondo, come se si stesse orientando in un deserto sconosciuto, poi Livio la scostò delicatamente e la fissò nella luce fioca. C'erano tanto dolore e tanta sorpresa nello sguardo di Marta, nel suo viso spento come una vecchia stella, che Livio si sentì all'improvviso nei suoi panni.

«Scusami» mormorò.

«Cos'è, hai paura?»

E allora Livio cominciò a parlare, a raccontarle di Leila e di Matías come se la sua voce incrostata di tempo rappreso fosse l'unica cosa rimasta al mondo, come se Marta fosse l'ultimo pianeta a proseguire la sua corsa nell'oscurità.

Il periodo più felice della loro vita era passato, ma Livio e Leila, naturalmente, non se ne accorsero subito. Nessuno si accorge mai dei punti di svolta della propria esistenza, nessuno li avvista in tempo e ci si prepara, ammesso che sia possibile prepararsi, ammesso che la vita non sia sempre una battaglia persa.

Loro, non ebbero scampo. In pochi mesi, la Coalizione di Dio e il presidente Hayne mostrarono il loro vero volto: prima, con la giustificazione dell'inquinamento e del consumo di energia, venne vietato ogni volo aereo e fu impedito ai privati l'accesso alla Rete, distruggendo perfino i server, riportando così gli Stati Uniti a un secolo prima; poi venne approvata la legge Bush, che prevedeva gravi restrizioni ai cittadini americani di origine centro e sudamericana, araba o asiatica, o comunque di religione non cristiana: non potevano più ricoprire incarichi pubblici, non potevano frequentare le scuole statali, dove, nel frattempo, era stato imposto l'insegnamento della dottrina creazionista, non potevano esercitare molte professioni intellettuali. Un'ondata di delazioni nei confronti di amici, parenti, vicini e conoscenti sconvolse il paese. Due mesi dopo, vennero vietati anche i cosiddetti « matrimoni misti » e chiusi tutti i templi religiosi non cristiani, mentre fu disposta la revoca della cittadinanza statunitense a coloro a cui era stata concessa dopo il 2050.

Per il momento, i passaporti italiani di Livio e Leila li tenevano al riparo, ma ben presto la scure fondamentalista colpì anche loro. Altro che Nobel. Dalla sera alla mattina, ricevettero l'annuncio della chiusura definitiva del SuperSlac e dell'azzeramento dei fondi destinati alle ricerche di Livio. Il rettore dell'università disse che potevano considerarsi fortunati, perché non venivano licenziati o mandati in pensione anticipata, come parecchi loro colleghi, e conservavano i loro stipendi e l'attività didattica, per quanto ridotta, visti i pochi studenti delle loro materie. Era un colpo durissimo. Dovettero imparare a fingere, a mascherare, in presenza di Matías, la rabbia, il dolore, la depressione, lo sconforto. Una sera, però, non riuscirono a impedire che il bambino, mentre giocava in salotto con Jhumpa, vedesse Anita, già colpita dalla legge Bush perché di origine indiana, piangere tutte le lacrime che le erano rimaste: la biblioteca di Stanford era stata chiusa, Susan era stata licenziata e loro non avevano più di cosa vivere.

Non erano le sole. Anche Nasir, Mercedes e Dexter Gómez vennero licenziati. Livio e Leila fecero il possibile per dare una mano ai loro amici in difficoltà, ma era chiaro che qualcuno aveva stirato le loro vite con una piega sbagliata, che ormai c'era da aspettarsi soltanto il peggio.

Che vuoto, non avere più segreti. Livio camminava intontito dal sole di mezzogiorno, ma ogni tanto si voltava verso Marta e accennava un sorriso da mendicante. Si sentiva quasi un eroe, ad averle raccontato tutto, ma per nulla leggero e sollevato; semmai, interamente prosciugato, cavo. Se qualcuno l'avesse sbatacchiato, non avrebbe fatto nessun rumore. Conosceva già quella sensazione, quella disperazione sorda: in quei sedici anni l'aveva provata ogni volta che aveva temuto che i suoi morti morissero di nuovo, che anche nel rifugio della sua memoria potesse accadere loro qualcosa di terribile. Insomma, era distrutto. Dal presente, dai ricordi, dal caldo, dalla stanchezza. Ma continuò a camminare, con le gambe sempre più molli e pesanti, in quella landa dove adesso, tra le agavi, i cespugli di tamerici, le palme, i carrubi, i lupini, la lavanda e gli oleandri, si affacciava perfino qualche albero di fichi.

Risalirono la scarpata di una ferrovia senza più binari, sfiorarono paesini abbandonati, attraversarono un ruscello. Livio si fermò e si affacciò dal parapetto del ponte per guardare a valle. Marta lo raggiunse e appoggiò i gomiti alla balaustra. Davanti a loro c'erano solo la pianura e un pennacchio di fumo che stagnava in cielo, disperdendosi piano, trattenuto dalla mancanza di vento.

«Volevo dirti di stare tranquillo. Non ti salterò più addosso.»

Marta fissava una curva del fiume striminzito, i nugoli di insetti che ronzavano sull'acqua.

Livio annuì, scacciò una mosca che sembrava avercela proprio con lui, poi si voltò verso di lei e le accarezzò i capelli grommosi.

«Ehi, vi muovete?» urlò Sara.

«Ha ragione. Sbrigatevi, voi due» li incalzò Yasmina sorridendo, mentre risaliva a passo di marcia la colonna.

Gli ultimi raggi del sole si spegnevano sui rosa, i lilla, i verdi, i gialli carichi sparsi nella pianura, quando si accamparono ai piedi dell'unica collina della zona. La vecchia mappa di Livio la indicava come Wilseder Berg, altezza: 169 metri.

«Sai che montagna...» disse, e gli altri risero.

Si era un po' rasserenato, ma era davvero esausto. Era come se, dentro di lui, una stanchezza vecchia, rassegnata, stesse combattendo con l'energia della speranza, con il futuro ormai quasi a portata di mano, e a tratti avesse decisamente la meglio. Perciò faticò a restare in piedi nelle code e dopo cena crollò quasi subito in un sonno denso, plumbeo, come non gli capitava da mesi. Ma si svegliò che era ancora notte, in un silenzio triste. Circondato dai corpi distesi accanto a lui, gli sembrò di sentire un filo di brezza salata, un alito lontano che sapeva di mare. Non poteva essere. Allora alzò gli occhi a cercare le stelle e aspettò pazientemente che scomparissero, che il buio si annacquasse. Quando ci fu abbastanza luce per usare il binocolo, raccolse le sue cose e risalì la collina. Quello che vide da lì in cima non lo convinse. Tirò fuori la mappa e la studiò. Tornò a inforcare il binocolo e a scrutare la pianura. Le guglie e i campanili che si scorgevano verso nord, soffusi in una leggerissima foschia, dovevano essere quelli di Amburgo, ma sembravano emergere dal nulla, come mozzati alla base, spuntando da una spianata grigia e immobile. Più a est, dritto davanti a lui, dove doveva esserci Seevetal, vedeva solo qualche casa diroccata e la stessa superficie grigia e liscia come il cielo. E l'Elba? Dove si era cacciato quel maledetto fiume? Livio guardò e riguardò la mappa, incollò ancora gli occhi al binocolo, poi, di colpo, lo folgorò l'illuminazione. Il mare, cazzo. Il mare aveva risalito l'Elba, aveva quasi sommerso Amburgo e inghiottito la pianura. Quando abbassò lo Zeiss, si accorse che accanto a lui, senza fare il minimo rumore, era arrivata Yasmina. Anche lei aveva un binocolo e stava scrutando lontano, dove terra e mare si toccavano.

«Porca puttana» disse la guida, senza scostare gli occhi dalle lenti. «Dal mio ultimo viaggio è già cambiato tutto. Il mare è salito ancora. Ci toccherà tornare un poco indietro, cercare di attraversare l'Elba un po' più a sud. Non sarà facile.»

Sopra le loro teste, il cielo aveva perso ogni colore, diventando quasi trasparente, come succede spesso prima che sorga il sole. Immerso in quel chiarore traslucido, il paesaggio sembrava offrirsi con una dolcezza nuda e inerme. Ma loro due sapevano che lì in fondo, nelle sue viscere, batteva un cuore terribile e inquietante.

Per mettersi in contatto con Ahmed dovettero usare di nascosto la console del laboratorio di Livio, poco prima che non fosse più autorizzata ad accedere alla Rete. Come c'era da attendersi, nemmeno dall'Italia vennero buone notizie. Napoli era sempre più un inferno, Baasim ormai predicava apertamente la guerra agli infedeli e alla madre di Livio avevano diagnosticato un tumore al colon. Víctor diceva che lì non c'erano più macchinari e medicine per curarla. Sarebbe dovuta andare a Bologna o a Milano, ma viaggiare era diventato costoso, difficile e pericoloso. Infine, Ahmed comunicò che aveva deciso di partire con un amico, di andare anche lui al Nord in cerca di fortuna.

«Ma sei impazzito? E lasci papà da solo?» protestò Leila.

«Voi non vi rendete conto... Qui l'unica regola ormai è ognuno per sé, si salvi chi può...»

Però, alla fine, Ahmed la rassicurò: si era già messo d'accordo con dei parenti, avrebbero badato loro a Baasim mentre lui avrebbe tentato di raggiungere la Svezia o la Finlandia, o magari addirittura l'Islanda. In effetti, le uniche nazioni che avevano ricevuto benefici dal mutamento climatico erano le cosiddette NORC, le Northern Rim Countries: in Alaska, Canada, Groenlandia, Islanda,

Scandinavia e Russia, il clima, diventato molto più mite, aveva consentito le coltivazioni dove prima erano impossibili, mentre lo scioglimento dei ghiacci artici facilitava le comunicazioni attraverso le rotte polari e rendeva accessibili grandi ricchezze minerarie. Erano gli unici paesi in cui la vita scorreva più o meno come prima, tranquilla e ordinata. Città e cittadine una volta sperdute come Fairbanks, Fort McMurray, Iqaluit, Prudhoe Bay, Rovaniemi, Tromsø, Oulu, Nojabr'sk, Nuuk o Novosibirsk stavano diventando metropoli al centro del mondo. Meglio, perciò, abituarsi alle lunghe notti buie dalle parti del circolo polare che soffrire il caldo, il caos, la corruzione e la fame a Napoli. Certo, non era facile farsi accogliere, ma il suo amico aveva dei parenti in Svezia che avrebbero potuto aiutarli.

«Dacci notizie, allora. E in bocca al lupo, Ahmed.»

«Anche a voi. Ti voglio bene, Leila.»

Fu l'ultima volta che si parlarono.

I giorni successivi furono tesi e inquieti. Livio avrebbe voluto partire per Napoli per vedere la madre e cercare di farla curare, mentre Leila non voleva a nessun costo rimanere a San Francisco da sola con Matías.

«Allora partiamo tutti» replicava Livio. «Forse, vista la situazione, anche per noi è venuto il tempo di andarcene.»

«Ma non pensi a Matías? Vuoi farlo crescere in quel macello?»

«Potremmo prendere un anno sabbatico e vedere come si mettono le cose, stare in Italia soltanto qualche mese...»

Niente da fare, non la convinceva. Litigarono. Matías, che non li aveva mai visti alzare la voce, prese la mano del papà, lo fece avvicinare alla madre e li abbracciò. Scoppiarono tutti e tre a piangere. Poi, una notte, mentre dormivano, la robinia e l'eucalipto in giardino presero fuoco all'improvviso, danneggiando anche il portico e il garage. I pompieri dissero che l'incendio era stato sicuramente doloso e che era mancato pochissimo perché si estendesse alla casa. Non ci potevano credere: qualcuno li voleva spaventare, o addirittura morti. Nemmeno allora, però, Leila si convinse a partire, sostenuta anche dagli amici che cercavano di dissuadere Livio: con quei chiari di luna, meglio non allontanarsi, meglio presidiare il territorio. Avrebbero potuto approfittarne per licenziarli. E sarebbe stato un viaggio difficile, rischioso. Ma lui non sentiva ragioni. Litigarono di nuovo. Finché, una sera, Leila rientrò a casa, gettò la borsa sul mobile dell'ingresso e andò subito nello studio di Livio.

« Allora, d'accordo » disse soltanto. « Prendiamo l'anno sabbatico e partiamo. »

Nonostante le ripetute insistenze di Livio, non volle confessare cosa l'avesse convinta. Soltanto qualche mese dopo, a Napoli, si lasciò sfuggire quello che le aveva raccontato Nasir. La polizia aveva messo sotto torchio Susan e Anita, minacciando di espellerle dal paese e di portare Jhumpa in un istituto. Alla fine, anche in cambio di un nuovo posto di lavoro per Susan, Anita aveva accettato di denunciare Leila. Non soltanto aveva svelato che era di origini siriane, ma l'aveva anche accusata di essere un'attivista islamica.

Alla fine di novembre del 2056, Livio, Leila e Matías salirono su un treno diretto a New York. In tasca, avevano già i biglietti della nave che, dopo diciotto anni, li avrebbe riportati in Italia.

Del mare che si mangiava l'Elba, Livio non disse nulla ai suoi compagni. Lo confessò soltanto a Marta mentre si avvicinavano alla base della TransHope in mezzo a un campo, più o meno alla periferia di Hanstedt: due enormi hangar di cemento, recintati e sorvegliati da sentinelle armate. Ci avrebbero lasciato le trivelle e gran parte dei carri ormai inutili.

«Non ci voleva proprio» disse a bassa voce Marta, scuotendo la testa.

«Vedrai, ce la faremo» sperò lui.

A pranzo, distribuirono doppia razione di barrette mentre le guide si riunivano con la responsabile della base, poi Rocío salì su una sedia sgangherata e li aggiornò sulla situazione. Chissà perché, era molto, troppo irritata mentre spiegava che gli esploratori erano già in missione, che bisognava aspettare che tornassero per decidere il nuovo itinerario e che perciò la colonna sarebbe ripartita soltanto l'indomani.

«Intanto, cercate di non dar fastidio e rimanete fermi ai vostri posti, siamo intesi?» concluse, quasi sprezzante.

A qualcuno sembrò perfino che battesse allusivamente le dita sulla canna del mitra.

«Ma che cos'ha Rocío?» domandò Sara.

Livio si strinse nelle spalle, punto dallo stesso dubbio.

« Adesso cerco di informarmi » le disse, ammiccando.

Non ci riuscì. Disobbedendo agli ordini, se ne andò in giro per l'accampamento, provò a parlare a Blanca, a Ursula, cercò di farsi dare notizie da Yasmina, però sembrava che le guide fossero tutte rigidamente barricate in una casamatta di silenzio, ma cosa dici?, a me non sembra proprio, che vuoi che sia successo?, insomma, sta' tranquillo e torna all'unità, ma lui vagabondava ancora per il campo fra gli zaini e i carri, fra la gente esausta, quando rientrarono tutti gli esploratori. Il sole era sempre alto, ma non picchiava più feroce come a mezzogiorno. L'aria si muoveva appena. In cielo passavano sei anatre dirette in formazione verso nord, quando Rocío, sempre molto nervosa, risalì sulla sedia traballante e li convocò di nuovo: fino a Bleckede, a una cinquantina di chilometri da lì, il fiume non ridiventava fiume. Ma non bastava: dovevano passarlo in qualche modo e poi attraversare anche una palude. Bisognava calcolare qualche giorno di cammino in più. Niente di irreparabile, però era meglio riposare bene, perché al mattino sarebbero partiti molto presto.

« Prima dell'alba » chiarì, « per guadagnare tempo. Mi raccomando, non fateci aspettare. Chi non è pronto, lo lasciamo indietro. Punto. »

Stop. Fine delle trasmissioni.

Tutti, anche i bambini, si alzarono che era ancora buio. E alle quattro erano in fila ad aspettare l'ordine di marcia. Tutti, tranne Martelli, che aveva problemi di diarrea. Quando provò a uscire dalla colonna, Selam lo fulminò con un urlo.

«Tu, dove vai?»

«Alla latrina. Ci metto solo un attimo.»

«Torna in colonna, subito.»

«Andate, vi raggiungo. Ho detto che ci metto un attimo.»

Selam non si scomodò a rispondergli. Si lanciò su di lui e lo colpì al fianco con il calcio del mitra. Martelli si accasciò per terra, lamentandosi, mentri gli altri ammutolirono. Ci misero un po' a riprendersi, a realizzare, tra un mormorio e l'altro, che una cosa del genere non era mai successa. Perciò, soltanto uno o due minuti dopo Livio e Sara accorsero per soccorrerlo. Già da qualche metro di distanza sentirono un gran fetore di merda, ma lo aiutarono a rialzarsi e lo accompagnarono al suo posto, mentre la colonna si avviava lentamente verso est.

Via via che camminavano, la vegetazione cambiava e le piante salmastre diventavano più fitte: colonie di spartine, tamerici, acanti, e poi barbe di frate, giunchi, piantaggini, sedani selvatici. Marta le conosceva una per una, e le indicava agli altri dando loro un nome.

«Ma come fai? È incredibile...» le diceva Livio.

«Sono una donna dalle mille risorse...» rispondeva lei.

Nel tardo pomeriggio, una bava di sale sul terreno annunciò il fiume, il mare. E allora, all'improvviso, dopo Wulfsen, videro per la prima volta le mangrovie, folte lungo le rive, con le radici intricate come vene, videro l'acqua untuosa, costellata di resti di alghe morte, videro quelle onde pesanti e senza schiuma, e poi, mentre seguivano la sponda verso sud, i tetti delle case e dei palazzi, i campanili di Radbruch e di Handorf che galleggiavano sulla distesa d'acqua, spettrali in mezzo al nulla, come lanciando ancora un monito o un presagio.

Fu un viaggio mesto, anche se Matías si divertì un mondo sul California Zephyr che percorreva i deserti dello Utah, infilava i tunnel e i canyon del Colorado, risaliva le Montagne Rocciose, attraversava il Mississippi e raggiungeva la Union Station di Chicago e il lago Michigan, per poi costeggiare il lago Erie, discendere la valle dell'Hudson e arrivare finalmente alla Penn Station di New York. A Matías piaceva da morire mangiare nel vagone ristorante mentre il paesaggio scorreva dal finestrino, sparare a più non posso contro gli immaginari indiani che li assaltavano costringendo i genitori a rincorrerlo lungo il treno, cercare a ogni costo di raggiungere la cabina di guida o addormentarsi nella cuccetta in alto cullato dallo sferragliare delle ruote. Per lui tutto era nuovo, tutto era una festa. Ma in quei tre giorni e quelle tre notti Leila e Livio videro anche i campi semiabbandonati dello Iowa spazzati da un vento pieno di polvere, gli assalti disperati ai convogli che partivano per il Nord, gli straccioni e i senzatetto che riempivano le stazioni, il mare che aveva quasi sommerso Newark e costretto ad arretrare i moli di Manhattan. Nemmeno per un attimo riuscirono a dimenticare quello che si erano lasciati alle spalle, né a smettere di ripetersi che, malgrado tutto, erano dei privilegiati a potersi permettere quel viaggio.

Pioveva come non vedevano da tempo la sera che s'imbarcarono sulla *Faith*, ma all'alba, quando la nave partì, il sole aveva ripreso a brillare sulla Upper Bay e poterono vedere il basamento della statua della Libertà che emergeva direttamente dall'acqua, perché anche la Liberty Island era stata sommersa. La *Faith* era un'imbarcazione ibrida, con una turbina eolica accoppiata a una serie di celle solari, che procedeva spedita e silenziosa su un oceano denso, quasi di gelatina. Peccato che non fossero ancora riusciti a adattare quei motori agli aerei... Per sette giorni, mentre Matías, impazzito di felicità, scorrazzava in ogni angolo della nave, Livio e Leila guardarono quel mare triste che sciabordava sotto di loro, videro i vulcani delle Azzorre avvolti dalle nubi, i fuochi che ardevano nella notte in cima alla Casbah di Tangeri e sulla Rocca di Gibilterra, pensarono con timore a quello che li aspettava a Napoli. Superate le chiuse all'ingresso del porto che impedivano al mare di sommergere la Stazione Marittima, si resero conto di non avere avuto abbastanza immaginazione.

Era il tramonto quando, carichi di valigie, misero piede a terra e attraversarono via Marina. Sulla spianata di piazza Municipio, migliaia di persone rivolte alla Mecca facevano lo *ṣalāt al-maghrib*, mentre da chissà dove una serie di altoparlanti diffondeva l'*adhan* del muezzin. Erano ancora lì, sudati e fermi all'angolo della piazza, con la bocca spalancata per la sorpresa, quando videro un gruppo di un paio di centinaia di persone irrompere da via Medina sulla gente che pregava. Poi, mentre fuggivano verso l'Immacolatella, sentirono le esplosioni dei lacrimogeni, le scariche dei dissuasori usati dalla polizia, le sirene delle ambulanze che si avvicinavano.

«Cosa succede, papà, cosa succede?» piagnucolava Matías.

Lo chiesero a un conducente di risciò dai denti macchiati, i capelli scuri che ricadevano pesanti sulle spalle, un tatuaggio coloratissimo sul braccio destro. Soliti scontri tra cristiani e musulmani, rispose lui con un'alzata di spalle. Ma dovettero farselo ripetere un paio di volte perché si accorsero con stupore che faticavano a capire quel dialetto sincopato e gutturale, zeppo di parole arabe, che non era più il loro.

Stravolti, fermarono uno scalcagnato taxi a biocombustibile di prima generazione. Ma non era illegale?

«Sarebbe...» ammiccò il tassista. «Ma stiamo a Napoli... E poi, è meglio che vado a rubare?»

Livio preferì non replicare. Salirono al Vomero per via Salvator Rosa e via Girolamo Santacroce intasate di gente, motorini e bancarelle come un suq arabo, costeggiate da marciapiedi sconnessi e da palazzi cadenti, e alla fine la casa dei genitori di Livio a viale Michelangelo sembrò un'oasi di salvezza in mezzo al caos. Furono accolti come tre messia, con baci, abbracci, regali comprati dal padre di Livio, il signor Maurizio, e manicaretti preparati dalla madre, la signora Luisa. Matías, però, continuava a frignare che voleva tornare a San Francisco, che lì faceva troppo caldo e non ci voleva rimanere, che i nonni non gli piacevano.

« Staremo qui per poco, vedrai » lo rassicurò Leila sottovoce.

Prima di addormentarsi, vinta dalla stanchezza, si strinse a Livio nel letto e scoppiò a piangere.

Li fermarono ben prima del tramonto. Li fecero acquattare in mezzo ai giunchi, più o meno a un chilometro dal fiume, mentre le sentinelle li tenevano a bada con i mitra.

« Dovete rimanere giù, in silenzio » ripetevano.

Era ormai buio quando, sempre accucciati a terra, spaventati, immobili, sbirciarono il commando che partiva: Yasmina, Blanca, in tutto una dozzina, senza uniformi, col nerofumo in faccia, armate fino ai denti. Soltanto tre ore dopo capirono che le guide avevano assaltato l'equipaggio e si erano impossessate del traghetto di Bleckede, perché, arrivando al fiume, videro i quattro cadaveri sgozzati sul ciglio della strada.

« Perché non li bruciamo? » domandò Miguel. « Come hanno fatto a mamma... »

Livio ebbe un brivido, poi si portò l'indice sulla bocca.

« Silenzio, adesso. Te lo spiego dopo. »

Sopra il traghetto, in più di un centinaio non c'entravano, neanche stipati peggio delle alici, perciò l'andirivieni da una sponda all'altra durò quasi l'intera notte. Le guide si occupavano delle cime di traino, le sentinelle li tenevano seduti sul fondo dello scafo, fermi, schiacciati spalla contro spalla, con le gambe tra le braccia. Là sotto faceva un caldo becco, tutto puzzava di sudore, piscio, vomito.

«Non ce la faccio più, sto soffocando» sbottò, stremata, Sara.

Apriti cielo. Una sentinella dallo sguardo gelido le gridò in malo modo di chiudere la bocca, di rimanere ferma, di non rompere.

«Bella, stai calma...» le rispose lei a muso duro.

Era una forza, quella ragazzina, non si faceva mettere i piedi sulla testa, non le mandava a dire... Soltanto adesso Livio ci faceva caso: anche il giorno prima era stata l'unica, insieme a lui, a fregarsene degli ordini e a uscire dalla fila per aiutare il povero Martelli. Ma lei, si disse mentre il traghetto urtava senza grazia contro il molo, lei aveva solamente sedici anni, e lui niente da perdere. O forse, cercò di consolarsi, quella di Sara era semplice incoscienza, giovinezza pura...

«Forza, scendete!»

Le urla trattenute delle guide lo strapparono a quei pensieri estenuati e dovette concentrarsi sui dolori alle giunture mentre si alzava, su dove metteva i piedi in quell'oscurità vischiosa. Sbarcò dietro gli altri, seguendoli fino a uno spiazzo dov'erano già accampati quelli arrivati prima. E allora approfittò della lunga attesa per dormire un po'. Miguel gli appoggiò la testa sulle gambe, Sara si rannicchiò accanto alla madre. Ma li svegliarono presto, ancora prima che sorgesse il sole: quella via crucis non finiva mai, c'era da attraversare la palude.

L'alba li sorprese con l'acqua alle ginocchia, tormentati da flottiglie di zanzare diurne, aggrappati alle canne o alle radici delle mangrovie che ricoprivano le isolette in mezzo all'acquitrino. Parlavano pochissimo, concentrati sul corpo che richiedeva tutte le loro energie, sulle gambe peggio che intorpidite, sul sonno e la stanchezza, sullo spossato sciabordio del fango che li circondava. Erano diventati i loro passi sfatti, un piede dopo l'altro nella melma, i respiri affannosi per lo sforzo, l'ansia per il livello del fiume che saliva. Per mesi e mesi non avevano fatto altro che desiderare ardentemente l'acqua, e adesso la temevano. Poi bisognò aiutare a spingere i carri nella fanghiglia; poi Livio dovette caricarsi Miguel sopra le spalle; poi, per fortuna, la terra sotto i piedi diventò più salda e furono all'asciutto, ma solo dopo un paio di chilometri arrivò finalmente l'ordine di fermarsi e la colonna si afflosciò come una sacca vuota.

Non tutti ce l'avevano fatta. Loro, i sopravvissuti, mangiarono qualcosa e riposarono, senza badare al sole che li randellava, senza pensare alle centinaia di compagni che erano rimasti indietro, a faccia in giù fra le radici delle mangrovie. Si erano assuefatti, come anestetizzati.

Nel pomeriggio, li convocò Rocío. Ormai era diventata un'abitudine.

«Che fai, non vieni?»

Martelli era rimasto steso a terra, la testa sullo zaino, gli occhi chiusi.

«No, non mi sento bene. Tanto, mi raccontate voi quando tornate...»

La luce, adesso, era ventosa, ma quel maestrale era talmente caldo da rubare il fiato. Livio ebbe soltanto la forza di annuire e si avviò con gli altri verso il tendone del posto di comando. Dietro Rocío, schierate sulla cima di una duna, c'erano le altre guide. Si erano tutte tolte le uniformi e un quarto d'ora dopo si capì il perché.

«Da adesso in poi, si cambiano le regole.» Rocío doveva urlare perché la sentissero anche in fondo. «Qui, oltre l'Elba, siamo clandestini. In più, da un mese e mezzo, questo è un protettorato della Scandinavia.»

Perciò avrebbero dovuto viaggiare di notte, e non più di giorno, senza fiatare, muti, per sfuggire alla polizia, che tentava di bloccare i profughi con navi, aerei ed elicotteri, e adesso anche con retate e rastrellamenti. E dunque la disciplina sarebbe stata ancora più inflessibile.

«Era per questo, allora, che era così incazzata...» mormorò Sara.

«Può darsi» replicò la madre. «Ma è sicuramente per questo che si sono vestite da civili: non vogliono essere accusate di favoreggiamento nel caso ci arrestassero.»

«Si parte non appena è buio. Adesso andate» riepilogò Rocío, e subito scomparve dietro le altre guide.

Livio continuava a scuotere la testa mentre tornava dove bivaccavano. Non era questo che si immaginava, non era questo che aveva in mente a Napoli. D'accordo, aveva torto: alla partenza l'avevano avvertito. Ma un conto era sentirlo solo dire, e un altro, diversissimo, trasformarsi di colpo, senza scampo, in schiuma della terra, feccia, clandestini.

L'essere umano si abitua quasi a tutto. Perciò, anche se all'inizio sembrava impossibile, anche se la Napoli in cui erano cresciuti esisteva ormai soltanto in qualche angolo dei loro ricordi, in pochi giorni Livio e Leila si adattarono, sebbene a denti stretti, a quella città caotica e vorticosa con i cartelli stradali scritti in italiano e in arabo, con interi quartieri sotto il controllo della malavita in cui era rischioso avventurarsi ma dove bisognava guardarsi soprattutto dai poliziotti, dove di notte gli echi degli spari facevano pensare di essere in un paese in guerra, dove sei persone su dieci non sapevano leggere e cinque non avevano, neanche saltuariamente, l'acqua corrente in casa, dove ogni diritto veniva trasformato in un favore da concedere o ricevere e dove le leggi di uno Stato che si stava sfaldando valevano quanto i consigli di una madre a un figlio trentenne e scapestrato. Tanto, si dicevano, prima o poi sarebbero tornati in America.

A Leila non fu difficile avere notizie del padre. La zia Miriam, la prima parente con cui si era messa in contatto, le disse che Baasim era partito per la Siria.

«Voleva morire a Damasco, non tra gli infedeli» le sussurrò abbassando lo sguardo sotto lo *hijab*. «L'abbiamo accompagnato alla nave un paio di mesi fa. Ah, mi ha lasciato questo per te, nel caso ti avessi vista.»

La sera, a letto, Leila si rigirò a lungo fra le mani quella copia del Corano in arabo. Che cocciuto, suo padre, che esaltato. Ma era suo padre, e probabilmente non l'avrebbe mai più rivisto. Quella sera non pianse, ma per giorni e giorni non riuscì a scrollarsi di dosso una malinconia densa che la faceva essere brusca con Matías e le mandava di traverso ogni boccone.

Livio, invece, dovette prima di tutto affrontare la malattia della madre. Quando andò a incontrare Víctor in ospedale, lo trovò che si aggirava abbattuto per i corridoi sudici e affollati. C'era pochissimo che ormai potesse fare per i suoi malati di cuore. A volte riusciva a procurarsi una coltura di staminali o a realizzare piccoli interventi, ma nella maggior parte dei casi doveva rassegnarsi a rimandare i pazienti a casa con qualche palliativo o a guardarli morire. Anche per la signora Luisa non ci fu granché da fare. La visitò il primario di oncologia, il dottor Sanzone, venne sottoposta a tutti gli accertamenti che l'ospedale era ancora in grado di svolgere, ma il verdetto era chiaro: era troppo tardi, non valeva nemmeno la pena cercare di portarla a Bologna o a Milano, avrebbe sofferto inutilmente.

«Posso soltanto cercare di procurarmi al mercato nero gli antidolorifici che le serviranno...»

Livio annuì e si spazzò l'aria davanti alla faccia per scacciare le mosche.

«Quanto le resta?» chiese, seguendo lo sguardo di Víctor, che era fisso in lontananza, dove però non c'era nulla da vedere, a parte un'enorme scrostatura dell'intonaco a forma di pesce.

«Quattro, sei mesi» rispose lui, senza guardarlo in faccia.

Fuori, mentre tornava a casa schivando la folla tra le bancarelle davanti alla moschea di piazza Leonardo, Livio lottò contro grumi indistinti, abbozzi confusi di pensieri che gli svolazzavano in testa come uccelli di malaugurio. Era talmente arravogliato in quei pensieri che non si accorse che gli stavano rubando il portafoglio. Quando andò a sporgere denuncia, un poliziotto grasso e sudato gli fece capire che con un centinaio di lire l'avrebbe aiutato a ritrovarlo, altrimenti avrebbe avuto seri problemi a ottenere dei documenti nuovi. Scendendo lungo viale Michelangelo, decise che sarebbe rimasto a Napoli per assistere la madre e poi sarebbero tornati prima possibile a San Francisco, magari portando con loro suo padre. Non voleva arrendersi all'evidenza che ormai le monete delle loro vite erano cadute dalla parte sbagliata.

Un mese e mezzo dopo la signora Luisa cominciò a peggiorare a vista d'occhio e ben presto fu costretta a rimanere a letto.

«Che cos'ha la nonna?» chiedeva Matías.

«Niente, è un po' malata, ma guarirà presto» gli rispondeva Leila.

Víctor passava a trovarli ogni sera, Matías si annoiava a sangue, mentre il padre di Livio trascorreva le giornate davanti a un vecchio schermo, dormicchiava, forse pensava, forse già si portava i fiori sulla tomba, come se fosse lui a trovarsi sul punto di morire.

«Ma perché non ripartite?» chiedeva la madre ogni volta che il figlio le faceva compagnia accanto al letto. «Andatevene finché siete in tempo...»

«Ma scherzi, mamma?» rispondeva lui con un sorriso che gli brillava tra i denti come una moneta falsa. «Ripartiremo quando sarai guarita...Víctor ha detto che stai già molto meglio, che manca ancora poco.»

Fu un lungo addio, una lenta via crucis, un progressivo inoltrarsi nel dolore e nell'impotenza. Poi, una ventina di giorni prima che la signora Luisa morisse, arrivarono le lettere per Leila. Erano due lettere su carta, come non ne vedevano da anni, consegnate da un messo del consolato americano. La prima era dell'Università di Stanford: diceva che, in base alla legge Bush, era stata rimossa dall'insegnamento. La seconda aveva il sigillo degli United States Citizenship and Immigration Services e le annunciava che, vista la sua nuova situazione, le erano stati revocati il visto di ingresso e il permesso di soggiorno. Avevano ragione i loro amici, non sarebbero mai dovuti partire. Adesso non avevano più scelta: tornare indietro era impossibile, erano rimasti intrappolati a Napoli.

Erano in piedi, pronti. Il vento caldo era aumentato d'intensità e pettinava a raffiche la luce del tramonto che si spegneva in cielo. Livio si guardò intorno: qualcuno s'infilava lo zaino sulle spalle, altri si inginocchiavano per chiudersi le scarpe, Miguel si aggrappava alla sua mano, Marta gli sorrideva mentre aiutava Sara a sistemarsi il coltello alla cintura. Solo Martelli restava steso a terra, con un braccio sugli occhi e l'altro abbandonato lungo il fianco.

«Che cosa c'è? Ti senti ancora male?»

Livio si accovacciò accanto a lui. Martelli scosse lentamente il capo, poi dalla gola gli uscì un lamento sordo.

«Non ce la faccio, sto pisciando sangue» riuscì a mormorare. «Colpa di quella figlia di puttana, quella guida...»

«Su, dài, cerca di alzarti. Stanno per dare l'ordine, bisogna ripartire.»

Un gemito più acuto, un irrigidimento dei muscoli del viso, un nuovo mormorio.

«Andate, vi raggiungo dopo...»

Sapeva bene che non poteva farcela, che se restava lì era condannato. Allora Livio diede un'occhiata intorno e vide Blanca: passava di pattuglia insieme a un'altra guida. Corse verso di lei.

«Devo parlarti» disse.

Da una ventina di metri di distanza, Marta lo vide gesticolare, accalorarsi, indicare la colonna, ma vide anche Blanca allargare le braccia e scuotere la testa sconsolata, vide lui insistere, vide l'altra guida partire di corsa, vide Vincenzo, l'aiutante di sanità, raggiungerli e inginocchiarsi su Martelli, poi lo vide rialzarsi, allontanarsi un po', indicarsi un rene e battere la mano sulla spalla di Livio. Alla fine, vide Blanca tirare fuori qualcosa dal suo zaino e darla a Livio, che la depositò accanto a Martelli e gli accarezzò la fronte, fredda come una lapide.

Gli lasciarono due borracce d'acqua, una decina di razioni alimentari e ripartirono nell'oscurità quasi totale, nella notte diventata di colpo intollerabile, nel vento che soffiava sulle loro facce e rallentava quella marcia silenziosa e afflitta.

«Ti rendi conto?» sussurrò a un certo punto Marta. Si fermò e cominciò a gesticolare, con la voce spezzata. «Nessuno ha mosso un dito per quel povero Martelli... Mi fanno tutti schifo... Pensano solamente ai fatti loro.»

«Perché ti meravigli?» le rispose Livio, prendendola delicatamente per un braccio e invitandola a proseguire. «È normale, è umano: vogliono sopravvivere. Per loro, adesso, l'unico obbiettivo è arrivare in Svezia...»

«Silenzio!» sibilò una sentinella.

Un chilometro, due, nel buio fitto, poi il vento spazzò via le nubi e qualche stella rischiarò un po' la notte. Era stranissimo: mentre marciavano, avevano l'impressione che nella penombra li circondassero campi coltivati, piante di pomodori e di cipolle, di zucchine e fave. A folate, Marta e Livio ne sentivano perfino l'odore, ma si guardavano negli occhi e si dicevano che non poteva essere. Invece era così, e se ne accorsero la mattina dopo, quando si accamparono, nascosti in una foresta di mangrovie, sui bordi del Ratzeburger See. Guardando verso sud, scorgevano il campanile di una chiesa, la cupola e il minareto di una moschea e, sulla destra, un'impalcatura da montagne russe che affiorava lugubre dall'acqua. Per qualche istante, rimasero a fissarla affascinati. Il mare era penetrato anche fin lì, facendo salire il livello del vecchio lago e sommergendo parzialmente Ratzeburg, ma tutt'intorno c'erano davvero campi coltivati, serre rudimentali, abbozzi di frutteti.

Livio prese il binocolo. Dal poco che riuscì a vedere nella luce sporca, gli parve di distinguere delle schiene curve sulla terra bassa e poi, più in lontananza, un luccichio, un riverbero, come una lunga superficie di metallo che brillava al sole. Lì per lì, avvertì un solletico improvviso che non provava più da molti anni, come un formicolio nei piedi e nella testa, una curiosità, una violenta voglia di andare lì a vedere, ma una fulminea zampata di stanchezza gli fece cadere lo Zeiss dalle mani e gli chiuse gli occhi ancora prima che potesse muoversi, regalandogli una tregua, poche ore di un sonno senza sogni, di granito.

Quando si svegliò, il formicolio era ancora lì. Si guardò intorno: tutti dormivano, la vigilanza delle sentinelle si era fatta meno occhiuta. Riuscì a sgattaiolare senza esser visto al di là delle mangrovie, nella radura bollente sotto il sole. Ogni passo un tormento, una palpitazione, ma continuò ostinato ad avanzare verso il barbaglìo, fin quando si allungò a terra al riparo di un cespuglio e tirò fuori il binocolo dallo zaino. C'erano guardie armate con le facce truci, c'erano uomini e donne smunti, caricati a bastonate su dei carri e trascinati via nei campi, c'era una folla di esseri cenciosi che vagolava attorno a file e file di traballanti baracche di lamiera. Dovevano essere arroventate di giorno e soffocanti di notte. In quanti ci vivevano?

Livio sospirò e scosse la testa. Anche questo è normale, pensò, anche questo è umano: dove ci sono schiene che si spezzano, persone che non sanno dove andare, che non hanno nulla, c'è sempre chi approfitta, chi succhia il loro sangue, chi le sfrutta. Quelli, però, la polizia non li perseguitava: gli scandinavi chiudevano tutti e due gli occhi di fronte a quella riserva di cibo a basso costo, anche se per averlo sulle loro tavole dovevano affidarsi a degli schiavi, a gente che moriva tra pomodori e asparagi che non poteva nemmeno assaggiare. A volte, pensò Livio rialzandosi, ci sono cose che uno preferirebbe non capire, perché capirle significava anche sapere senza scappatoie che disastro siamo.

Mentre tornava a fatica sui suoi passi, all'improvviso sentì un rumore fioco, quasi impercettibile, un ronzio cupo che si fece sempre più forte fino a diventare un martellio violento. Si gettò a terra e strisciò fino a una macchia di alberi alla sua destra. Di nuovo le palpitazioni, un senso di oppressione al petto. È la paura, si disse mentre alzava gli occhi e vedeva quel puntolino nero in cielo che a poco a poco s'ingrandiva, diventava una forma nera e allungata che volava in cerchio a picco sulla sua testa. Adesso, tra le foglie degli alberi, riusciva a distinguere anche gli stabilizzatori e i getti d'aria calda delle turbine di quell'aggeggio volante che sembrava un elicottero, però senza le pale. Si incollò al tronco di un castagno e aspettò immobile, con il cuore di traverso nella gola. Poi, finalmente, il rombo si allontanò e lui tornò a respirare. Si calmò a stento, socchiudendo gli occhi nella luce intensa, ma quel peso al petto non passò. E lì, sotto al castagno, lo sommerse di nuovo un'onda di sconforto, irresistibile, il desiderio di mollare tutto, di dire basta a quell'andirivieni stanco di muscoli e polmoni. Ma non poteva, non doveva farlo. Non poteva abbandonarli in quell'inferno.

« Dove sei stato? » gli chiese Sara quando lo vide ricomparire in mezzo alle mangrovie, stanco di una stanchezza antica, accumulata in una vita intera. Senza aspettare che Livio rispondesse, Miguel gli si avvinghiò al collo con un balzo.

«Non mi lasciare più» gli sussurrò all'orecchio.

Avrebbero avuto bisogno di una tregua, ma dovevano occuparsi di Matías e del padre di Livio, prendere in fretta qualche decisione per riorganizzare le loro vite. Fosse stato per Livio, si sarebbe lasciato risucchiare dal lutto e dallo sconforto, ma Leila sfoderò una serenità, una sicurezza, un modo pacato di guardare al futuro che li salvarono. Fu lei a esaminare razionalmente la situazione. Vista la crisi delle università, i colleghi sparsi nel mondo che aveva interpellato non erano in grado di dare loro una mano, perciò alternative serie non ce n'erano: dovevano restare a Napoli, trovare un lavoro, iscrivere Matías a scuola. Lì, almeno, avevano una casa e qualche amico, anche se la città, là fuori, andava di male in peggio.

Ogni tanto, se mai ce ne fosse stato bisogno, qualche notizia rendeva concreto, palpabile, il degrado di cui parlavano i vecchi abitanti. In quei mesi, per esempio, per far fronte ai propri debiti, il Comune aveva espropriato i tre Caravaggio presenti a Napoli e li aveva venduti in blocco a un oligarca di Archangelsk. Poi era stata la volta dei Fanzago, dei Battistello Caracciolo, dei Ribera, a prendere la strada della Russia o del Canada. Perfino la statua del *Cristo velato* della Cappella Sansevero era stata imballata e trasportata con grandi precauzioni al Museo Nazionale di Nuuk.

«Magari è meglio così, magari li hanno salvati dallo sfacelo...» scherzava, ma poi non tanto, Leila.

Una mattina, invece, un gruppo di poliziotti in divisa aveva fatto irruzione in casa di Karima Annan, la capobanda di Pianura, e l'aveva uccisa non appena si era affacciata sulle scale per vedere cosa stesse succedendo. Il secondo figlio, Shehu, aveva sentito gli spari e aveva aperto la porta della sua stanza. Aveva appena avuto il tempo di vedere la madre morta, che era stato ammazzato anche lui. Poi gli agenti erano andati a casa del primo figlio, Ibrahim, avevano forzato il portone e avevano ucciso lui e la moglie. Non era stata un'operazione di polizia, ma un regolamento di conti per favorire la banda rivale, i Guerrieri vesuviani, protetta dai poliziotti. Nessuno di quegli agenti era stato incriminato.

«È incredibile, è inammissibile» ripeteva Livio, sempre più cupo, sempre più depresso.

Proprio lui, che sembrava ignorare il dolore, che aveva sempre disprezzato i lagnosi, era diventato magro, apatico, tutto occhiaie. Non lo aiutò la lettera recapitata anche a lui dal messo del consolato americano: a causa del crollo degli iscritti, l'Università di Stanford si trovava costretta a rinunciare alla sua collaborazione, in virtù dell'articolo sette, comma quattro, del contratto di lavoro.

Per fortuna c'era Leila a tirarlo su, a occuparsi di Matías e di don Maurizio, a procurarsi carne, verdura e frutta al mercato nero, a incoraggiarlo a battere tutti i dipartimenti universitari ancora funzionanti. E alla fine, dàgli e ridàgli, il I Policlinico, quello dove lavorava Víctor, gli offrì un incarico di professore a contratto di neurobiologia: poche lire, un lavoro precario, ma era meglio di niente. Leila, intanto, dava ripetizioni di matematica a due gemelle, figlie del console islandese.

A dare più preoccupazioni era il padre di Livio. La testa quasi calva, rigata dai pochi capelli bianchi che gli rimanevano, il collo pieno di rughe, le mani coperte di macchie scure, se ne stava quasi sempre a occhi chiusi in poltrona a fluttuare nella risacca del suo dolore. Parlava pochissimo e, se lo faceva, era soltanto perché a volte aveva paura del silenzio che trasudava dalle pareti, sgocciolava dal lampadario in salotto, serpeggiava dalla lavatrice guasta e si mescolava con quello che calava dal soffitto come se volesse annunciargli la fine.

Quel silenzio che avvolgeva la casa era rotto soltanto dai giochi di Matías quando non era a scuola, dalle sue urla quando andava all'assalto di un brigantino nemico e dai suoi pianti quando a cena c'era qualcosa che non gli piaceva e i genitori lo costringevano a mangiarla. A poco a poco, si spratichì con l'italiano, trovò qualche nuovo amico e si andò adattando a quella città così diversa dalla sua, ma si vedeva chiaramente che non tutto filava liscio: ogni volta che poteva, ripeteva a chiunque che tra San Francisco e Napoli non c'era paragone, che non esisteva niente di più bello della loro casa di Redwood. Quando dovettero venderla perché quello che guadagnavano non bastava a vivere, Leila e Livio preferirono non dirglielo. Un agente immobiliare amico di Andrea Svensson riuscì a piazzarla a prezzo d'occasione a una coppia di funzionari cinesi e a trasferire il ricavato su un conto svizzero. E così tirarono avanti per giorni, mesi, anni sempre più rattrappiti, sempre più uguali e vuoti. Alla fine, com'era sempre successo a Napoli, islamici e cristiani, immigrati e locali trovarono a poco a poco il modo di convivere e di mescolarsi, ma le temperature sempre più asfissianti, i prezzi impossibili dell'acqua potabile e del cibo, le pubbliche autorità sempre più evanescenti, la miseria, la corruzione e le guerre tra bande per il controllo del territorio e del mercato nero non la rendevano certamente una città in cui la vita fosse piacevole. In quella gelatina di tempo, in quegli anni che scolavano via dalla memoria, Matías che cresceva, che rideva, che li abbracciava, che diventava sempre più bello, per Livio e Leila era l'unico sottilissimo filo al quale afferrarsi.

La notte, la speranza, la paura, quando ripartirono. La notte, la fatica, la paura, quando ci fu da attraversare un'altra zona piena di acquitrini. La notte, la stanchezza, la speranza, quando una falce di luna paludosa s'inerpicò nel cielo e nubi sfilacciate e lente le passarono davanti come l'inchiostro sciolto nell'acqua di un bicchiere. La notte, la sorpresa, la paura, quando si accorsero, grazie a quella luce, che lì non c'erano soltanto i campi degli schiavi, ma che in quel lembo estremo di ciò che rimaneva dell'Europa c'era anche gente che sopravviveva in capannoni industriali abbandonati, in tende di fortuna, in desolate case di cartone, in tetri accampamenti grandi come paesi, sempre più fitti via via che ci si avvicinava al mare. Perciò, mentre avanzavano, intravedevano nella penombra migliaia di persone lacere e smagrite che si aggiravano esauste nella notte. Erano ombre lugubri in fuga dal presente e dal passato, erano donne, uomini, bambini più o meno come loro, i più fortunati della schiuma della terra, perché non erano ancora morti lungo la strada o in mare, erano profughi di tutte le nazioni che i paesi nordici respingevano peggio di appestati e che prima o poi finivano sul Baltico, al capolinea di una fuga in massa che li conduceva in un'immensa trappola, braccati dalla polizia, in balìa dei trafficanti, ad aspettare senza molte speranze una barca, una zattera, un gommone che li portasse, possibilmente vivi, in Scandinavia. E così, ogni volta che incrociavano un gruppo di quei disperati, le guide si schieravano in silenzio intorno alla colonna per evitare che si confondessero, che gli intrusi si mescolassero con i loro clienti.

«Sembriamo una mandria di bestiame marchiata dal padrone» bofonchiò Livio, con la testa bassa. «Per la TransHope, siamo le loro vacche.»

Nessuno gli rispose, ognuno concentrato sui suoi passi, assorto nella sua fatica, finché prima dell'alba un ordine percorse la colonna e si accasciarono quasi di fronte a Lubecca, alla periferia di Lüdersdorf. Mentre Miguel e Marta venivano spediti con la squadra per il rifornimento d'acqua, Livio salì su un albero e inforcò il binocolo.

«Allora, vedi il mare?» gli chiese Sara, seduta a terra, appoggiandosi al tronco con la schiena.

Quel che vedeva, non era esattamente il mare. Erano fiumi gonfi come otri che il mare aveva lentamente trasformato in stagni, in luridi pantani. Ma in quella luce di un malva doloroso vedeva anche accampamenti, tendopoli, bivacchi, un mercatino di cibi e vestiti colorati, e poi, oltre la Wakenitz, vedeva l'isola su cui sorgeva il centro di Lubecca inabissata sotto una coltre d'acqua, le guglie aguzze del duomo e della Marienkirche, un minareto, e sulla destra, verso Travemünde, magazzini industriali ormai in disarmo, una nave cisterna arrugginita, la travatura di una gru sbilenca stagliata contro il cielo.

Quando scese dall'albero, aveva il fiato grosso, le mani e la fronte gli sudavano. E Sara se ne accorse.

«Che cosa c'è, stai male?»

«No, no, niente di grave. Sono soltanto stanco.»

Per quasi tutto il giorno se ne stette immobile, la testa sullo zaino, sdraiato a riposare, e alla partenza si sentiva bene, forte come un leone. Era l'ultima tappa del percorso, all'alba li aspettava il mare, perciò s'incamminarono a passo baldanzoso, incrociando fiumane di persone in viaggio come loro approfittando di quel po' di luna, mentre Miguel caracollava allegro avanti e indietro.

«Stammi vicino, non ti allontanare» lo richiamava Livio.

Marciavano da nemmeno un'ora, quando di colpo li accecò un bagliore. Livio iniziò a contare. Quattro secondi dopo li sbatacchiò un boato.

«Indietro, indietro!»

Sentirono Yasmina che gridava mentre correva risalendo la colonna, e ci provarono, a ritornare indietro, però riuscirono soltanto a fare pochi passi perché un'orda impazzita che fuggiva li superò e li travolse. Livio aiutò Miguel, Marta e Sara a rialzarsi, poi corsero anche loro in mezzo a quella folla per acquattarsi in un fossato. Altre luci abbaglianti nella notte, altre esplosioni. Le braccia sulla testa, le labbra che tremavano, il respiro inceppato in mezzo ai denti. I colpi si fecero più fiacchi, poi finalmente smisero. Livio abbracciò Miguel per confortarlo, mentre una tizia sdraiata accanto a Marta spiegò che da una nave della polizia scandinava stavano bombardando la costa con un cannone laser.

«Devono aver scoperto una partenza» assicurò convinta. «Fortuna che è lontana, a poco più di un chilometro da qui.»

Marta e Livio annuirono perplessi, disorientati in quella situazione nuova. E più chiedevano, meno ci capivano. Invece la ragazza aveva l'aria di saperla lunga, di muoversi a suo agio in quel trambusto. E infatti. Quando le guide li chiamarono a raccolta per riprendere la marcia, s'intrufolò di soppiatto in mezzo a loro. Come se non bastasse, si portò un'amica.

«Lei è Verena» disse, poi sussurrò uno «shhh» con l'indice diritto sulla bocca.

E loro zitti, non la denunciarono. Però si misero a parlottare fitto, a interrogarla, a chiedere notizie. Si chiamava Élodie, veniva da Bordeaux e voleva raggiungere la sorella a Helsinki.

«Se metto piede sul loro territorio e mia sorella dà garanzie per me, pagando non so quanto, allora sono a posto. Questa è la loro legge, la legge Danielsen o come diavolo si chiama. Tutto sta ad arrivarci, in Scandinavia... Anche Verena, qui, ha una cugina a Oulu...»

Verena era minuta, bruna, silenziosa. Si limitava ogni tanto ad annuire. Élodie invece non la smetteva un secondo di parlare e raccontava come un torrente in piena. Occhi irrequieti, capelli lisci raccolti sulla nuca, pantaloni mimetici stracciati. Sotto la polvere che le copriva il viso, s'indovinava una costellazione di lentiggini. Era arrivata quattro mesi prima e da allora si aggirava per il litorale baltico in cerca di un imbarco per la Svezia.

« L'avevo anche trovato, eh?, due volte... »

La prima, i trafficanti l'avevano fregata: le avevano rubato tutti i soldi e poi l'avevano mollata ai poliziotti. La volta dopo, peggio: per procurarsi la somma da dare ai trafficanti, aveva dovuto implorare la sorella, che non se la passava bene neanche lei, poi era riuscita ad arrivare a Scharbeutz e a salire su un barcone, una carretta infame dei tempi in cui Gesù faceva ancora la prima elementare. Erano un centinaio, stretti come sardine. Da lì in avanti, tutto era andato a rotoli: per evitare una motovedetta di pattuglia, avevano dovuto fare un lungo giro, il mare si era alzato, onde furiose li avevano respinti di nuovo verso sud e dopo due o tre giorni avevano finito le provviste e l'acqua. Qualcuno aveva osato ribellarsi e gli scafisti l'avevano pestato e poi gettato in mare. Il giorno dopo era finito anche il carburante. Allora erano stati raggiunti da un gommone, l'equipaggio ci era salito sopra e li aveva lasciati alla deriva. Fortuna che la motovedetta era arrivata in tempo per salvarli.

« Però subito dopo ci hanno riportati sulla terraferma. E adesso eccomi qui. Punto e daccapo. »

Quando Élodie finì di raccontare, nessuno disse nulla.

Marta e Livio scuotevano la testa, mentre continuavano ostinati a camminare. Erano entrati in una vasta zona ripariale, una penisola tra il Dassower See e il fiume Trave. All'alba il mozzicone di colonna si fermò per qualche istante, poi superò un posto di blocco presidiato da sentinelle armate e infine entrò nella base della TransHope di Teschow. Sulla sinistra, oltre un arco di sabbia cinerina, quella distesa di cristallo opaco che vedevano, quella pianura grigia solcata da onde stanche, quella era finalmente il mare.

Brividi, febbre alta, vomito, dolori articolari, tre o quattro macchie rosse sulla pelle e un gran prurito. Matías non si sentiva bene dalla sera prima, e Leila, appena sveglia, chiamò Víctor.

« Meglio che me lo porti in ospedale. Puoi farlo adesso, così gli do un'occhiata prima che inizi il turno? »

« Perché? Ti sembra grave? »

« No, no, tranquilla. Niente di serio, credo. Sarà una chikungunya... Però, venire là, non ci riesco, e qui, se è una malattia infettiva, posso tenerlo sotto osservazione. »

Livio doveva andare all'università, perciò quel giorno da chiodi toccò a Leila occuparsi di Matías. Era preoccupatissima: non gliela raccontava giusta, Víctor... Avvolse il figlio dentro una coperta e lo caricò sulla vecchia auto di don Maurizio. Cinque minuti dopo scendeva a rotta di collo per via Girolamo Santacroce. Era mattina presto, l'aria sembrava solida, rugosa, e le strade erano quasi vuote, come intontite dal bagliore del sole che già picchiava forte. Arrivò giù al Museo in un baleno, ma a via Pessina un poliziotto la fermò con la paletta e si avvicinò al finestrino. Aveva i denti guasti e un tatuaggio che gli spuntava dal colletto della divisa e gli saliva su per il collo. Leila cercò di mantenere la calma.

«Sia gentile, ho fretta... Sto portando mio figlio in ospedale» disse accennando con gli occhi a Matías seduto accanto a lei.

«Allora, per fare più in fretta, può trasferire subito tre o quattrocento lire al fondo per la famiglie dei poliziotti caduti sul lavoro» ghignò lui.

Brutto affare. Le era già successo altre volte, ma quella mattina Leila era troppo tesa.

«Mi spiace» balbettò, «ma nella confusione ho dimenticato la money card... Se vuole, posso tornare dopo e gliele verso. Ora mi lasci andare, per favore.»

Un attimo dopo il sorriso sarcastico dell'agente era diventato una smorfia sbieca, contrariata.

«Ma tu a chi vuoi prendere per il culo? Porti tuo figlio in ospedale e non hai la money card?» Il poliziotto era passato al tu, e non era un buon segno. «Avanti, caccia subito i soldi o ti arresto.»

Bastò quella minaccia perché gli ultimi sei anni trascorsi a Napoli le crollassero addosso tutti insieme, con il loro peso di rinunce, umiliazioni, sconforti, avvilimenti. Quando Matías cominciò a piagnucolare, Leila perse definitivamente il sangue freddo.

«Ma vaffanculo, figlio di puttana» urlò, e ordinò al computer di ripartire.

L'agente sparò subito. Tre colpi rabbiosi, un quarto.

La macchina percorse pochi metri e si fermò contro un segnale stradale già mezzo divelto. La testa di Leila cadde sul volante e il clacson cominciò a suonare come in un vecchio film di serie B, ma né lei né Matías potevano più sentirlo.

Avevano bisogno di una tregua, di tirare il fiato, di sdraiarsi per terra e riposare, invece le guide li portarono con le maniere spicce in uno spiazzo brullo e polveroso e si sistemarono a gambe larghe ai lati. Però, mentre li trasferivano, malgrado il sonno, la fame e la fatica, Livio notò che in giro non si vedeva nemmeno un edificio o un capannone. Intorno a loro c'erano solamente prati stenti, macchie di arbusti, un filare di pioppi e fasce di mangrovie accanto al mare. Strano, per una base.

Sul fondo dello spiazzo, in cima a un terrapieno, Rocío li aspettava camminando avanti e indietro, le mani sulla schiena, inquieta.

« E quella, chi accidenti è? » domandò Élodie a bassa voce.

« Rocío, la responsabile di tutta la colonna » le sussurrò di fretta e furia Marta, dando un'occhiata in giro.

Si erano ridotti a meno di un migliaio, sudici, cenciosi, gli sguardi inebetiti, una stanchezza cerea in faccia, le gambe come gomma che faticavano a mantenerli in piedi, ma c'era ancora da stare attenti all'annuncio di Rocío, e dopo, non dovevano mai dimenticarlo, da attraversare il mare.

« Non ho buone notizie » stava dicendo, brusca, la

leader delle guide. « Come sapete, abbiamo avuto molti contrattempi, furti, ritardi, perdite... Insomma, in questo viaggio la TransHope ha fatto fronte a enormi spese extra... »

Con gli occhi chiusi, Livio aspirò la brezza che spettinava il mare. Aveva già capito. Senza volerlo, si strinse nelle spalle come per ripararsi, per attutire il colpo.

« E allora » continuò Rocío « siamo costretti a chiedervi di contribuire. Mille corone a testa per proseguire il viaggio. »

Ecco, l'aveva detto. Restarono impietriti. Tutti, tranne una donna sulla quarantina, in fondo al gruppo.

« E chi non ha quei soldi? » urlò.

Livio respirò a fondo: quella dannata brezza era collosa, strana, non sapeva di iodio né di sale.

« Se avete dei parenti in Scandinavia » scandì Rocío, stizzita, « possiamo farvi mettere in contatto e dirvi dove devono versare questo importo. È tutto chiaro? »

Lampante, come il sole: quelli della TransHope erano sconfinati figli di puttana. Livio restò in silenzio e strinse con la mano la spalla di Miguel, ma tutt'intorno a loro bollivano mugugni, mormorii, proteste a bassa voce. Quando girò la testa, vide il viso di Sara rigido in una smorfia di rabbia e indignazione. Capì che era sul punto di parlare, ma lì per lì non seppe se fosse giusto o no tentare di fermarla.

« E quelli che non hanno né soldi né parenti? » la sentì gridare.

Prima di replicare, Rocío fissò una per una, a lungo, le facce dei più esagitati.

«Purtroppo» comunicò alla fine «siamo costretti a farli lavorare, a raccogliere asparagi e cipolle, oppure a consegnarli alla polizia per il rimpatrio. Però, per qualche giorno, potranno rimanere qui alla base, nel caso che trovassero una maniera per procurarsi i soldi. E questo è tutto, vi affido alle colleghe.»

Il sole era già alto quando Rocío sparì dal terrapieno, lasciandoli in balia dello sconforto, della disperazione. Il respiro di Livio adesso era rasposo, con un rumore cupo che gli saliva dritto dai polmoni. Qualcosa gli schiacciava il petto mentre Miguel lo tirava per il braccio e gli chiedeva che cosa era successo, e intanto Marta si accasciava a terra e singhiozzava, Verena ed Élodie si lamentavano della loro sfiga, alcuni si abbracciavano, qualcuno, di nascosto, contava i soldi che gli rimanevano, altri restavano perfettamente immobili, come narcotizzati. Ma, stranamente, nessuno protestava. Come gli ebrei nei campi, come se quel finale fosse già scritto nel libro del destino. Poi Sara urlò.

«Bastardi!»

Qualcuno la seguì.

«Siete dei truffatori!»

«Stronzi, carogne, figli di puttana!»

«Da qui non ci muoviamo! Dovevate portarci fino in Svezia...»

Erano in quattro o cinque, non di più. Le guide si avventarono su quei poveretti, a pedate, a pugni, usando il calcio dei fucili. Mentre cercava di sottrarre Sara ai colpi, con la coda dell'occhio Livio vide Yasmina restarsene in disparte e forse fargli un cenno d'impotenza.

Dopo, calò il silenzio, un gran silenzio pieno di minacce, mentre li trascinavano verso un altro spiazzo e Sara si asciugava con un braccio il sangue che le colava dalla fronte.

«Stai bene?» le domandava Marta, e lei annuiva, sbuffava come un toro e si guardava intorno, tornava ad annuire, mentre li dividevano in gruppi meno folti, facendoli fermare tutti in fila davanti a una lunga successione di botole di ferro con il coperchio ricoperto di erba artificiale. Livio provò ad affacciarsi: si vedevano soltanto una scaletta e un pavimento di cemento grezzo. Erano stanze, o celle: non ci poteva credere. Ma intanto ecco svelato il mistero della base: era completamente camuffata, mimetizzata in modo che anche per gli elicotteri fosse difficilissimo scoprirla.

«Dobbiamo entrare là?» chiese, sempre più incredulo, a Yasmina.

Lei chiuse per un istante gli occhi. Sì, dovevano. Allora Livio si sentì perduto. Più che una domanda, la frase che gli uscì dal petto sembrò un lamento, quasi un'implorazione.

«Perché, Yasmina? Mi dici che succede?»

Lei abbassò lo sguardo, fissò per un momento la canna del fucile.

«Abbiamo ordini, ordini dall'alto.»

«Ma se Rocío...»

«Lei non voleva farlo, però purtroppo non comanda lei. Te l'ho già detto, noi prendiamo ordini. E se sgarriamo...» Si guardò in giro con fare sospettoso, poi si passò il pollice sul collo. «Adesso, mi dispiace, dovete proprio entrare» disse indicando la botola col mento.

Non ebbero altra scelta che scendere a tentoni la scaletta, uno alla volta, piolo dopo piolo, per ritrovarsi in un locale buio di tre metri per quattro. Erano una trentina, e non riuscivano nemmeno a star seduti tutti insieme. Sul pavimento, c'era un bugliolo e basta. L'aria arrivava solo da una grata in alto. Brutt'affare. Livio cercò di sistemarsi meglio che poteva, prese Miguel in braccio e si appoggiò alla schiena di Élodie. Ora la prima cosa che doveva fare era verificare quanti soldi aveva. Però non c'era molto da sbagliare: milleseicento, milleottocento al massimo. Di più non erano, lo ricordava bene. Magari, contrattando, bastavano sì e no per due persone. E gli altri?

Dietro di lui, sentiva la francese che imprecava, malediceva l'idea che aveva avuto, la genialata di intrufolarsi in quella fottutissima colonna.

«Se non è sfiga, questa... Ma io lo so, lo so cos'è successo» diceva a Marta e Sara. «Si è sparsa la notizia di tutti i vostri guai, perciò le azioni della TransHope alla Borsa di Trondheim sono crollate a picco. E adesso una signora con la collana di coralli autentici e l'abito firmato vuole recuperare sulle sue stock options... È questo che è successo. E noi, a morire...»

Ogni tanto, nei giorni successivi, si affacciava una guida e domandava se qualcuno aveva deciso di pagare oppure di contattare i suoi parenti. Due signore di Prato versarono piangendo le ultime corone, un timido ragazzo pachistano si ricordò di un parente lontanissimo che faceva il barbiere a Lillehammer e chiese di chiamarlo. Meno tre. Ma anche così stavano sempre stretti, pigiati uno sull'altro, senza poter allungare un po' le gambe nemmeno due minuti al giorno. Lì dentro non si respirava, andare in bagno era una dura prova, c'era puzza di merda e di sudore. Mangiare, calavano dall'alto una barretta, un pomodoro marcio, una galletta vecchia; e bere, una razione minima di acqua puzzolente, calda e giallastra come se fosse piscio. Miguel piagnucolava piano, per giorni Marta non aprì più bocca.

« Ma tu non puoi chiamare tua sorella? » chiese Sara a Élodie.

« No, cazzo... Anche lei è a secco, e le ho promesso che non le avrei più chiesto soldi, sennò l'avrei già fatto... »

Stavano lì e aspettavano, ogni respiro come una conquista, le ossa e le giunture come piaghe aperte, le forze che lentamente si spegnevano, le ore sempre più vuote. Però di colpo, avvolto in quel torpore, Livio si rese conto che non poteva durare molto a lungo: tra pochi giorni, li avrebbero messi a lavorare con gli schiavi, oppure consegnati ai poliziotti. Doveva a tutti i costi cercare di evitarlo. Sì, ma come? Pagare solamente per sé stesso, abbandonare gli altri lì, manco a parlarne, anche se quell'idea gli ronzò in testa come un moscone intrappolato dietro una finestra. La scacciò via più volte con un gesto brusco. E allora, all'improvviso, sperso nella memoria e nel disordine implacabile del tempo, gli venne in mente Ahmed. Erano anni che non pensava più a suo cognato, che non sapeva più dov'era e che faceva. Nemmeno Víctor era riuscito ad avere sue notizie quando si era trattato di avvisarlo di Leila e di Matías. E invece Livio adesso doveva fare finta di sapere in che città viveva, però di aver dimenticato come contattarlo. Doveva guadagnare tempo, raccontare che, se lo rintracciava, Ahmed avrebbe subito pagato. E poi sperare.

Lo disse un pomeriggio a Blanca, diede nome e cognome, Ahmed Yazbek, s'inventò una città svedese in cui cercarlo, si mostrò sicuro del suo aiuto.

« D'accordo » disse lei. « Adesso vedo cosa si può fare. »

Da allora, ogni volta che una guida si sporgeva nella loro cella, ripeteva: « Delmastro, niente ancora... » Oppure gli mostrava un'immagine sbiadita su uno schermo: « È questo? », e lui scuoteva la testa sconsolato.

Intanto ne portarono via altri sei, e poi una coppia con una bambina. Dissero che li avrebbero affidati ai poliziotti di Selmsdorf o di Lubecca, ma chi poteva esserne sicuro? D'accordo, sì, stavano un po' più larghi, adesso, però lì dentro continuava a fare un caldo soffocante, l'aria era fetida, il cibo e l'acqua sempre più schifosi. E Livio aveva il cuore stretto, una linea di ansia e di dolore gli tagliava malevola lo sguardo. Senza contare la barba lunga e sporca, le occhiaie fino ai piedi. Quando, stremato, riusciva ad assopirsi, subito si svegliava bagnato da un sudore freddo, sul punto di svenire. Miguel piangeva, si lamentava che aveva caldo e fame. A volte Livio aveva l'impressione che non respirasse, e allora gli toccava il polso per rassicurarsi, ma fino a quando ce l'avrebbe fatta?

Doveva essere una mattina grigia quando all'imboccatura della botola si affacciarono Selam e un'altra guida. Una luce sporca e polverosa tagliò a fette sottili l'aria densa, scolpì i loro corpi ammucchiati nella cella.

« Domani » disse Selam, e si fermò un secondo, minacciosa. « Domani chi non ha pagato verrà riconsegnato ai poliziotti o messo a lavorare. È tutto chiaro? »

La botola si chiuse con un tonfo secco. Era finita, si doveva arrendere. La misera scartina che gli rimaneva, l'aveva messa in gioco, e aveva perso. Adesso il suo futuro si riduceva a tornare nell'inferno, oppure a sopravvivere con la schiena curva tra filari di fave e pomodori, ad aggirarsi sul litorale baltico come quei disperati. Ma non avrebbe mai abbandonato Marta, Miguel e Sara. Di quello era sicuro. Ora spettava a lui badare a loro.

Quell'ultima giornata nella cella trascorse nel silenzio, nemmeno il ragazzino si lamentava più, tutto era attesa. E in quell'attesa Livio scoprì che esiste un limite a ogni sofferenza: quando lo si oltrepassa, anche il dolore, come la vita, è nulla, e il tuo destino fa un poco meno male. Eppure il tempo continuava a scorrere lentissimo, come se fosse una ferita che non si richiudeva, finché, era già buio, un gagnolio di catenacci sulle loro teste li fece sussultare. Là fuori, sullo spiazzo, sentirono sussurri concitati, un tramestio di passi che si allontanavano. Mezz'ora dopo, si aprì la loro botola. Una ventata di aria un po' più fresca gli asciugò il sudore, poi riconobbe nell'oscurità i mormorii di Blanca e di Yasmina.

« Uscite in fretta, senza far rumore... Presto, presto... »

Con grande sorpresa di Livio, dopo la morte di Leila e di Matías la Terra continuò a correre a centoseimila chilometri all'ora, il sole continuò a sorgere e a tramontare, il muezzin di piazza Leonardo o le campane della chiesa di piazza Immacolata a svegliarlo ogni mattina alle sei e lui a essere perfettamente, inesplicabilmente vivo, sebbene avesse sempre creduto che nessuno sarebbe potuto sopravvivere a una tragedia simile. Con il tempo, capì che sarebbe stato sempre peggio, che quel dolore l'avrebbe accompagnato per tutta la vita, nascosto dentro di lui, come una parte del suo corpo, assalendolo a tradimento, rubandogli ogni istante che avrebbe vissuto.

Nei primi mesi, si aggirava per casa con la gola secca, senza quasi rivolgere la parola al padre, sempre estenuato in poltrona con gli occhi vuoti di una statua. A volte Livio se ne stava per ore in un silenzio denso, nero, turbinoso, con le mani strette come se custodissero qualcosa di prezioso, oppure toccava i loro vestiti negli armadi, i quaderni di Matías sulla scrivania della sua stanza, le creme di Leila sulla mensola del bagno e non riusciva a ricordare senza che uno strazio abrasivo gli lacerasse lo stomaco e i polmoni, perché i ricordi erano voragini che si spalancavano all'improvviso e inghiottivano il presente, erano istanti orribili in cui il passato diventava più nitido, più netto, più reale. Perciò, vergognandosene, li scacciava.

Maledetta città. Quella mattina a via Pessina era stato il chiodo sul quale il suo destino si era definitivamente strappato. Una rottura della simmetria, avrebbe detto Leila. Ora la sua vita era spezzata in due: prima, magari senza assaporarli fino in fondo, aveva avuto un'infanzia, degli affetti, una carriera, un amore sontuoso, la gioia di un figlio, la più unica e profonda che si possa mai provare; dopo, tutto ciò che gli succedeva e tutto quello che gli sarebbe successo non avrebbe più avuto significato. Lo aspettava la dannazione di un tempo disumano e vuoto, lo sgocciolio di giorni e giorni inutili e opachi, perché era troppo vigliacco perfino per farla finita, perché non riusciva nemmeno a imparare a morire.

Da lì in avanti, la sua esistenza trascorse come in un sogno in cui lui restava immobile, congelato in quella mattina d'inverno a via Pessina, come se allontanarsi anche di un solo passo da quel terribile istante avrebbe significato tradire Leila e Matías. Non voleva a nessun costo dimenticare quel dolore. Lui *era* quel dolore. Le poche volte che usciva, camminava come un sonnambulo per la città odiandola sommessamente, senza toccarla e senza lasciarsi toccare. Il mondo che gli si dissolveva accanto lo sfiorava, ma non lo attraversava mai davvero. Attorno a sé vedeva solo vecchiaia, malattia, violenza, morte, e pensava, gioendone, che nessuno di quelli che incrociava per strada aveva scampo, anche se preferiva fingere di non saperlo.

Già in viaggio verso nord, di quei sedici anni dopo la

morte di Matías e Leila avrebbe ricordato come una vecchia pellicola sfocata il ricovero del padre in ospedale, la sua morte, che non lo aveva scalfito per davvero, Napoli che a poco a poco rimaneva senza elettricità e senza fogne, con l'immondizia in strada che si arrampicava fino ai piani alti delle case, le strade sempre più sconnesse e mai riparate, i cinema, i teatri e le librerie scomparsi, il mare che invadeva la zona orientale della città e la Terra di Lavoro, gli ospedali chiusi, le baraccopoli di cartoni e lamiere che nascevano e si sviluppavano come un cancro alla periferia e nel cuore del centro urbano, mentre i pochi ricchi si barricavano in quartieri recintati e sorvegliati da poliziotti e cani, la chiusura dell'università e i giorni eterni e solitari da disoccupato senza nemmeno più qualche abitudine a cui aggrapparsi, i moti di piazza di folle affamate e assetate che saccheggiavano supermercati, magazzini, chiese, moschee e palazzi, Venezia che sprofondava in mare, piazza Navona e la fontana del Bernini completamente distrutte durante i violenti scontri del 2068, il Colosseo ridotto a un accampamento di senzatetto, la terra arida delle campagne che si spaccava e luccicava di sale, i profughi africani e italiani che si spostavano in massa verso nord, i palazzi Vaticani razziati da un'orda di miserabili, il mare che lambiva Padova, *L'ultima cena* ridotta a calcinacci durante gli scontri fra bande rivali per il controllo di Milano, gli Uffizi accartocciati su sé stessi sotto un fitto fuoco di mortai, gli attentati ai server e la Rete che funzionava sempre peggio finché una sera non aveva più dato segni di vita e anche l'Italia si era ritrovata catapultata a un secolo prima, ma senza più nessuno che fosse in grado di fare a meno dei computer.

Livio l'aveva visto da bambino nei vecchi film di fantascienza, ma non avrebbe mai pensato di potervi assistere davvero: l'ultima finzione di Stato si esaurì per stanchezza, per inutilità. Senza troppa sorpresa, le elezioni non vennero più celebrate e nessuno sembrò sentirne la mancanza. Le bande dei signorotti locali, spesso malavitosi, si spartirono il territorio in miriadi di guerre locali che sembravano non avere mai fine. Era già successo in Spagna e in Grecia, poi avvenne in Francia, in Belgio, nell'Olanda risucchiata dal mare, nella Germania centrale, lontana dalle acque fredde dell'Atlantico e devastata ormai quasi quanto l'Italia. Allora l'Unione del Nord si era chiusa a riccio come l'Inghilterra: aveva arretrato le proprie frontiere allo Skagerrak e al mar Baltico, abbandonando al proprio destino il resto dell'Europa.

Era troppo perfino per Livio. Così non poteva andare avanti. Per sedici anni si era adagiato in quel residuo di vita, aveva aspettato la morte senza muovere un dito, ma a quel punto, visto che non aveva il coraggio di anticiparla, doveva almeno facilitarle il lavoro, andarle incontro in qualche modo. Fu Víctor a parlargli per la prima volta della TransHope, una società scandinava che organizzava trasferimenti al Nord e che assicurava cibo, acqua, protezione armata, assistenza per varcare clandestinamente la frontiera. Era un viaggio estenuante e pericoloso, ma l'idea cominciò a ronzargli in testa come un moscone in trappola: più che raggiungere una terra promessa, più che tornare a un passato in cui la gente andava al lavoro, si salutava per strada e la sera tornava a casa e abbracciava i figli, avrebbe voluto dimenticare, lasciare per sempre i luoghi maledetti del suo dolore. E tanto meglio se la fine l'avesse sorpreso durante il viaggio.

Ci pensò e ci ripensò. Poi riuscì a individuare la rappresentante della TransHope e a incontrarla in un cinema in rovina dalle parti della Riviera di Chiaia, affacciato sul mare dove una volta c'era stata la Villa Comunale. Avrebbe avuto a disposizione guide, scorta armata, assistenza medica, trivelle, idrovore, carri per il filtraggio e il trasporto dell'acqua e del cibo. La prima partenza era fissata per quattro mesi dopo dalla base operativa della TransHope a Frassinoro, un paesino sull'Appennino modenese, dove sarebbe dovuto arrivare con i suoi mezzi. Il viaggio, però, era carissimo, un salasso. Livio aveva immaginato di proporre a Víctor di andare con lui, ma si rese tristemente conto di non avere abbastanza denaro per entrambi, ammesso che fosse riuscito a utilizzare il suo conto svizzero. Rinunciò. Pensò, anzi, di proporre all'amico di partire al suo posto. Quando glielo disse, lui scosse la testa.

«Io sono un medico, Livio. Qui, ormai, posso fare poco, ma quel poco è sempre meglio di niente. Perciò, devo restare. Tu, invece, devi partire.»

Livio si voltò verso la finestra. Da casa di Víctor si vedevano la città quasi buia, le luci tremolanti dei falò sparsi sulle colline.

«Se vado» disse lentamente, continuando a guardare fuori, «potrebbe capitarmi di morire...»

Víctor sorrise e scrollò le spalle.

«Morire» disse «è solo questione di tempo. Tanto vale non aspettare che la morte ci prenda di sorpresa, o che, come diceva qualcuno, arrivi quando non c'interessa più. Vai, tu che puoi. E non preoccuparti per me. Ah, aspetta» aggiunse mentre frugava in un cassetto. «Tieni questo, tanto a me non serve.»

Era un vecchio binocolo del padre, capitano di marina ai tempi dei salvataggi dei migranti in mare, uno Zeiss Victory RF 10x45 con telemetro.

«Grazie» mormorò Livio, in bilico sulle lacrime.

Nei giorni successivi, ci pensò e ci ripensò ancora. Poi incontrò di nuovo la ragazza della TransHope. Era sui trent'anni, bruna, con gli occhi azzurri come laghi alpini. Yasmina, si chiamava. Lei lo squadrò da capo a piedi, guardò i suoi capelli bianchi e scosse piano la testa.

«Ne è sicuro?» gli chiese. «Questo viaggio non è uno scherzo. In molti non ce la fanno...»

Lui annuì senza scomporsi, fissandola negli occhi. Qualcosa nel suo sguardo le impose di smanettare su una console, di collegarsi chissà come a un satellite islandese, di farsi dare da Livio codici utente e password e di trasferire quasi tutti i suoi soldi sul conto della TransHope a Rovaniemi. Poi, gli diede due mazzette di corone scandinave.

«Fatto» gli disse. «Ci vediamo tra un mese a Frassinoro.»

Quando Yasmina gli strinse la mano per salutarlo, Livio ebbe un brivido, un fremito piacevole. Erano sedici anni che non provava niente di simile.

Un pulviscolo d'acqua li avvolgeva mentre correvano in fila verso il mare. Correvano a fatica sotto quell'acquerugiola sottile, anchilosati dopo tanti giorni passati nella cella, senza capire bene quali intenzioni avessero le guide. Correvano in silenzio, con gli zaini in spalla. Correvano alla cieca, al buio, mettendo i piedi dove capitava, incespicando, seguendo l'ansimare di chi li precedeva. Livio teneva la mano di Miguel, però ogni tanto doveva rallentare per tracannare l'aria, per addomesticare un brivido, una palpitazione. Fu l'ultimo a superare le mangrovie e ad arrivare al mare: un mare stanco, nero come la notte, catramoso.

«Stendetevi per terra, presto» disse Blanca.

Volevano aiutarli, ora era chiaro. La spiaggia, lo capivano, era la zona più pericolosa: attirava i banditi, i trafficanti; poteva capitarci una motovedetta della guardia costiera oppure una retata della polizia, magari con i cani. Su quella striscia di ciottoli e di sabbia erano troppo esposti. Perciò rimasero appiccicati a terra, zitti come tappeti, mentre sentivano lo sciabordio di un'imbarcazione che accostava a riva e i concitati sussurri delle guide.

«Forza, salite a bordo.»

Stavolta era Yasmina a incitarli, a indicare la strada da seguire. Dovettero calarsi nell'acqua fino al petto per raggiungere il gommone. Sopra, c'erano già Blanca e un'altra guida, probabilmente Irina. Mentre qualcuno, steso su un tubolare, li tirava a bordo, Livio spinse Miguel, Marta e Sara, poi aiutò Élodie e Verena, poi una signora corpulenta con lo *hijab* in testa, e infine vide sporgersi una mano, ci si afferrò e finalmente venne tirato su anche lui, distrutto, senza fiato. Scrutando nell'oscurità con un'occhiata, si assicurò che Miguel stesse bene e si accasciò sul pagliolo, boccheggiante, mentre sentiva Yasmina che si issava a prua con uno slancio rapido e flessuoso.

«Via, via, ci siamo tutti.»

«Grazie. Mi chiamo Maryam» gli disse la signora con lo *hijab*.

«Di niente» ansimò lui.

Erano in tanti, dentro, le gambe intrecciate ad altre gambe, le braccia dei vicini che premevano sui fianchi, zuppi fino alle ossa e sotto quella pioggia minuta e malinconica, ma almeno, cazzo, lì si respirava, mentre il gommone scivolava ovattato sulla superficie del Dassower See.

Appena il cuore smise di martellargli all'impazzata, Livio si guardò intorno: Yasmina si era sistemata a prua, Blanca, alla fine, aveva preso posto a poppa e l'altra era al timone. Sì, era Irina. Soltanto lei aveva i capelli così biondi, la pelle così chiara... Però, via via che il respiro si faceva più pacato, in testa gli si ingarbugliava una matassa confusa di domande: che tipo di motore li spingeva? Mai visto uno così silenzioso... E poi, dov'era che li stavano portando le tre guide? E soprattutto: per quale ragione li aiutavano?

Scavalcò ondeggiando due o tre corpi, riuscì a piazzarsi più vicino a Blanca e glielo chiese. Lei scosse la testa e fissò il buio, come se la risposta fosse acquattata nell'oscurità, oltre la pioggia nera che li circondava.

« Ma niente, era da un po' che eravamo stufe... Noi a giocarci il culo in quei dannati viaggi, e loro, i capoccioni, ad arricchirsi sulle vostre spalle... Poi dalla sede centrale hanno ordinato di chiedervi altri soldi, di spremervi finché non pagavate, e quella è stata la goccia che ha fatto traboccare il vaso. »

« Gli altri, però, li avete soltanto liberati. Noi, invece... Perché state aiutando proprio noi? »

« Ah, questo non lo so... Forse dovresti chiederlo a Yasmina. »

Livio sorrise e abbassò la testa per guardare verso il fondo del gommone, dove qualcuno gli stava calpestando un piede. Mentre cercava di spostare la gamba, un pugno d'acqua gelida gli s'infilò nel collo, facendolo rabbrividire.

« Ora, però, per voi è pericoloso... I vostri capi si vendicheranno... »

Blanca annuì, e Livio, per un attimo, vide la sua faccia alla luce di un mòzzico di luna che occhieggiò fulmineo tra le nubi.

« E adesso che succede? »

« Se ci riusciamo, vi portiamo in Svezia, su una spiaggetta vicino a Kåseberga, e poi ce la filiamo. Noi abbiamo un passaporto scandinavo, perciò, se ci trovano con voi, ci processano per favoreggiamento dell'immigrazione clandestina... »

« Zitti! » ordinò Irina.

Sul radar era apparso un puntolino azzurro, forse una motovedetta, che stava per inoltrarsi nella Trave. Si acquattarono dietro un promontorio, nell'area paludosa sulla sponda destra del Dassower See, e ripartirono soltanto quando lo schermo ridiventò completamente nero. Guardinghi, sospettosi, sbucarono sul Pötenitzer Wiek. Ora che la penisola di Priwall era coperta da sette metri d'acqua e non chiudeva più il canale, davanti a loro c'era finalmente il Baltico, però non lo vedevano in quell'oscurità compatta, nella pioviggine che li martoriava. Yasmina li avvisò che ci erano arrivati quando si lasciarono sulla sinistra una lucina in cima al grattacielo di un albergo sommerso fino al secondo piano.

« Era il Maritim Strand » mormorò, con una venatura di malinconia nel tono della voce.

Forse anche lei era passata di lì tanti anni prima, quando dalla Germania si poteva ancora andare in Scandinavia senza nessun problema. Forse aveva dormito in quell'albergo. Magari con qualcuno o con qualcuna. Magari, prima, aveva avuto anche lei una vita. Livio non ebbe il tempo di pensarci troppo perché da nord si alzò un vento tagliente e il mare, calmo fino a quel momento, iniziò a incresparsi, mentre la pioggia, sempre più rabbiosa, scrosciava di traverso e picchiettava cupa sui bordi del gommone.

« Miguel, stammi vicino » disse. Subito dopo, in mezzo a quel frastuono, chiamò Marta e Sara. «Ragazze, tutto bene?»

«Più o meno» gli rispose Marta.

Tremavano di freddo, esposti al vento, fradici com'erano. Lampi lontani si disegnavano contro il cielo buio, illuminandoli per fugaci istanti. Le onde, adesso, li facevano andare in altalena e Irina virò un po' per prenderle al mascone.

«Mi raccomando, tenetevi a qualcosa» urlò.

E allora si aggrapparono ai paglioli, s'incastrarono sul fondo del gommone, puntando i piedi contro il tubolare opposto, perché le onde, sempre più violente, li sollevavano sulla loro cresta e poi li sbattevano sul ventre, schiaffeggiando il mare. Avevano le gambe indolenzite a furia di tenerle tese. Di tanto in tanto, grandi secchiate d'acqua si rovesciavano sulle loro teste. Due o tre pregavano, temendo di non farcela, Verena cominciò a vomitare, seguita da Élodie e da Marta, un ragazzino magro cercò di alzarsi in piedi, urlando. Livio lo tirò giù con uno strappo secco, mentre Miguel gli si stringeva al braccio. Tremava.

«Livio, ho paura» disse.

«Non ci succede niente, sta' tranquillo.»

Avrebbe preferito crederci anche lui, invece gli sembrava che il futuro, perfino il poco che gliene rimaneva, si stesse inabissando lì, tra quelle onde. Come se non bastasse, aveva un'altra volta i brividi, avvertiva di nuovo il peso al petto, forse perfino una leggera febbre, ma strinse i denti in mezzo alla burrasca, sbatacchiato per ore insieme agli altri, finché la notte cominciò a incrinarsi e una striscia di luce tenue e fredda si pennellò sull'orizzonte a est, svelando il mare scuro, le nubi di granito sulle loro teste. Lentamente, le onde si placarono, la pioggia tornò mite come una carezza, pian piano ammainò il vento. E respirarono.

Erano in mare aperto. In un silenzio rotto soltanto dallo sciabordio dell'acqua sulla chiglia, da qualche tuono sempre più lontano, Irina fece il punto: purtroppo il temporale li aveva fatti scarrocciare verso sud.

«Non c'è più molto tempo» sentenziò alla fine, mentre già correggeva la rotta del gommone.

«Per cosa?» chiese Sara.

Yasmina le rispose che bisognava raggiungere a ogni costo un gruppo di isolette, un arcipelago formato da quello che emergeva ancora delle isole di Lolland e di Falster.

«Però dobbiamo esserci prima che faccia completamente giorno.»

«E poi che ci facciamo in quelle isole?»

Era Verena, con un morso di voce. La guardarono tutti sbalorditi. Allora era capace di parlare?

«Ci nascondiamo lì finché non sarà buio» le spiegò Yasmina, poi si voltò fissando assorta il mare e dichiarò conclusa quella discussione.

Ora il gommone andava a tutta birra, planando sulle onde lunghe e inoffensive, mentre alla loro destra il sole faceva capolino all'orizzonte, tingendo il mare di balenii rossastri. Più o meno un'ora dopo, la pioggia si stancò. Uno squarcio d'azzurro si aprì nel cielo basso e a prua comparve qualche punto grigio.

« Ecco, ci siamo quasi » annunciò Irina.

Quando raggiunsero le prime tre isolette, Livio si sporse per guardare giù. Sotto di loro, a sei o sette metri di profondità, ancora si scorgevano, come spettrali mausolei sommersi, gruppi di case, centri commerciali, campi da calcio, sequele di villette a schiera. Passarono davanti a un campanile solitario in mezzo al mare, poi s'inoltrarono ancora qualche miglio nel labirinto di scogli e promontori, di calette e baie, finché ormeggiarono al balcone del terzo piano di un palazzo roso dalla salsedine.

« Ora potete scendere » li incoraggiò Yasmina. « Questo è un posto sicuro, ma attenti alla ringhiera. Può restarvi in mano. »

Un sole pallido tentennava in cielo quando si accasciarono in una stanza spoglia, con le pareti scrostate dall'umidità e i resti di un falò sul pavimento senza più mattonelle, pieno di calcinacci. Erano zuppi, sporchi, spaventati. Blanca distribuì del cibo e mangiarono in silenzio, sbocconcellando le loro barrette avvolti in una luce smorta, fissando il mare che di tanto in tanto, nel suo andirivieni, sembrava lì lì per sommergere il balcone. Marta provò a rilassare un po' l'atmosfera, a fare una battuta.

« Pensate se ci addormentiamo qui, beati, e dopo tanta strada, sopravvissuti alla sete e alle pallottole, magari arriva un po' di alta marea e ci fa fuori... »

Nessuno le rispose. Nessuno aveva voglia di scherzare. Su quelle cose, poi. Ma che cattivo gusto. Insomma, erano stanchi, volevano dormire. Perfino Livio le sorrise complice, ma poi appoggiò la testa sullo zaino, si sistemò Miguel accanto e si lasciò invadere dal sonno.

Lo svegliò un ronzio nell'orecchio sinistro, una vibrazione che gli percorse la guancia come una leggera scossa elettrica. Per qualche attimo, con gli occhi ancora chiusi, non seppe né chi era né dove si trovava, poi rintracciò il filo del racconto della propria vita e in meno di un secondo rimise a fuoco quello che gli serviva: il viaggio, Miguel, Marta, Sara, Yasmina, Blanca, il mare. E il cazzo di ronzio. Aprì a rilento gli occhi, feriti dalla luce. Di fronte a lui, appoggiata con la schiena alla parete, vide Verena, immobile, che gli indicava lo zaino con il mento. Allora sbadigliò, si sollevò a sedere e frugò fra le sue cose.

«Dev'essersi agganciata a qualche rete» mormorò Verena.

«Che cosa?» chiese Livio.

«La tua console. La tieni nello zaino, no?»

Livio annuì stupito mentre la tirava fuori. Da quanto tempo non la toccava più? Da settimane, mesi. Si era perfino scordato di averla portata con sé. Ma ce l'aveva, certo. Però, da lì a collegarsi a una rete... Quello, erano dieci anni che non succedeva.

«In Scandinavia il web funziona ancora.»

«E tu come lo sai?»

«Lo so.»

La console vibrò di nuovo, poi ancora, poi alla fine tacque, ma intanto, collegata a qualche server remoto, si stava completamente riconfigurando. Livio guardò lo schermo, pieno di segni strani che andavano e venivano.

Non ci capiva niente. Toccò qui e là, finché Verena si mise alle sue spalle.

«Ci sono vecchi messaggi che sta recuperando. Una ventina. Sei o sette di un certo Ahmed Yazbek.»

«Ahmed, ne sei sicura?»

Lei annuì, e lui, come incantato, le diede la console.

«Ma li sai aprire?»

«Verena è un genio, con questi aggeggi antichi...»

Era Élodie. Da fuori, dal balcone, guardava nella stanza, affacciata alla finestra senza vetri. Dietro di lei, un branco di nubi sfilacciate trotterellava allegro verso est. Mentre le dita di Verena si muovevano come ragni sullo schermo, Livio le stava addosso, non le dava pace.

«Allora, hai fatto? Ci vuole ancora molto?»

«Solo un minuto. Bisogna convertirli in un formato che questo ferrovecchio possa leggere.»

Poi, finalmente, recuperata da qualche labirinto addormentato della rete, sulla console comparve l'immagine 3D in miniatura di suo cognato Ahmed. Guance scavate, calvo, la pelle martoriata dalle rughe. Era invecchiato male, come se gli anni l'avessero pestato a bastonate.

«Ciao, Livio. Spero che questo mio messaggio ti raggiunga» disse una voce in viaggio dal baratro del tempo.

Era un messaggio di cinque o sei anni prima. Ahmed spiegava che soltanto allora era riuscito ad arrivare in Svezia e a mettere le mani sopra una console. La voce dal passato si spezzò mentre diceva che, frugando in rete per localizzarli, gli era franata addosso all'improvviso una vecchia notizia su Leila e su Matías. Così aveva saputo. Non era giusto, non ci poteva credere. Ora voleva a tutti i costi rintracciare Livio.

«Chiamami, per favore» concludeva.

Verena gli spiegò che Ahmed aveva riprovato a contattarlo qualche giorno dopo, poi il mese successivo, poi dopo un anno, due, poi aveva smesso. Ma intanto, mentre lei spiegava, Livio era impallidito, sudava freddo e respirava a stento, cercando inutilmente di rallentare la frenesia del cuore, di ricacciare indietro quei ricordi che non sapeva nemmeno più di avere, che lo assalivano sfilandogli negli occhi a raffiche, a folate.

«Ma adesso» mormorò annaspando «possiamo richiamarlo, no?»

«Certo» fece Verena, e cominciò di nuovo a smanettare.

Mentre aspettava, Livio appoggiò la testa alla parete. Cercò una posizione che gli alleviasse un po' quel peso al petto e sospirò. Il sole, fuori, era velato da nuvole sottili e una luce da eclisse aleggiava esitante nella stanza.

«Niente, non mi risponde. Ma forse puoi lasciargli anche tu un messaggio...»

Livio annuì. Lo sorprese il peso del suo braccio quando lo sollevò per farle un cenno con la mano destra: poteva cominciare. Si raddrizzò, provò a sorridere, si schiarì la voce. Disse ad Ahmed che anche lui stava arrivando in Svezia: entro uno o due giorni sarebbero approdati su una spiaggia vicino a Kåseberga. Gli parlò di Miguel, di Marta e Sara, e poi gli chiese aiuto.

«Ti prego, per favore, se riesci a raggiungerci, di' che sono anche loro tuoi parenti...»

Fu allora che li scoprì Yasmina. Era salita ai piani superiori, di vedetta, e si era riaffacciata nella stanza. Un turbine, una furia.

« Ma che, siete impazziti? Possono intercettarci... Chiudi subito, cazzo. Mi hai sentito? » Strappò di mano la console a Verena, la spense e gettò la batteria in mare. Sbuffava, mentre gliela ridava. « Possibile che non pensiate mai a queste cose? »

Silenzio e sguardi bassi, nella stanza. Colpettini di tosse, piccoli movimenti, lunghissimi sospiri. Dieci minuti, venti. E poi Verena riuscì a sussurrare due brevi frasi a Livio.

« Tranquillo, ho fatto in tempo... L'ho spedito. »

Quando risalirono sul gommone, il sole era da poco calato all'orizzonte, ma il buio non si era ancora preso tutto il cielo: alle loro spalle, una breccia di indaco lo separava dal mare appena increspato. Fuori dal labirinto di isolette, cominciò a spingerli un allegro vento di poppa. Se ne stettero in silenzio a respirare il vento e la salsedine, a guardare le stelle che a poco a poco s'infittivano, finché una luna piena spuntò in mezzo alle nuvole e le cancellò dal cielo, illuminando tutto con una luce argentea. Sotto di loro, il mare era metallico e brillante. Soltanto Livio stava con gli occhi chiusi, mordendosi le labbra. Aveva un leggerissimo formicolio alle braccia, e poi quell'oppressione al petto che lo perseguitava.

« Livio, ti senti bene? » gli domandò a un certo punto Marta.

« Sì, sì, sto bene, non ti preoccupare. »

Magari. Invece proprio allora, per la prima volta, lo

fulminò quel brivido. Non uno dei tantissimi che aveva già provato nella vita, ma quello che ci scuote come una zampata quando si ha la percezione esatta, irreparabile, che il tempo ci sta mangiando vivi, che ormai la morte ci sta crescendo dentro, e che non c'è rimedio. Mentre Miguel dormiva, Livio si strinse sbigottito a Marta, e lei gli fece aprire il braccio come un'ala per appoggiargli la testa sul torace, per non lasciarlo solo con le sue paure. Rimasero così finché, pian piano, il buio si fece più sottile e i lineamenti del viso di Yasmina, ritta a prua, si ritagliarono nel cielo che si screpolava.

«Guardate» disse Sara.

«Cosa?» chiese Élodie.

Prima, davanti a loro, videro solamente una cortina di merletto diafano che si levava dal mare quasi piatto, poi, al di là di quella nebbiolina, avvistarono una sottile linea grigia, appena distinguibile dal cielo. Era la costa. Via via che si faceva giorno, la videro più netta, videro le araucarie e i manghi, una fila di massi sopra una collina, i campi coltivati, le case che la luce dipanava lenta dall'oscurità. E finalmente videro la spiaggia, punteggiata di scogli, di ciottoli e di anfratti. Qualcuno pianse, quando ci sbarcarono. Erano ombre, fantasmi di sé stessi, ma ci erano riusciti. E adesso?

Adesso, niente. Adesso erano ancora in alto mare. Se Ahmed non si fosse fatto vivo, avrebbero dovuto mettere nel conto altre giornate dure prima di ritrovarsi di nuovo fra i dannati, respinti nella terra di nessuno da dove erano fuggiti. Livio scosse la testa, sconsolato, e agitò la mano stancamente per salutare i compagni che partivano: quelli che non avevano parenti in Scandinavia, quelli già rassegnati a vivere da eterni clandestini. Erano una dozzina, quasi tutte donne, e le guardò andar via in piedi sugli scogli, socchiudendo gli occhi, spossato come se fosse lui a doversi incamminare su per la salita. Poco più in là, dall'altra parte della spiaggia, Yasmina, Blanca e Irina infilarono con gesti frettolosi il gommone in una grotta dall'ingresso basso, fissandolo a dei ganci sul soffitto. Da fuori era impossibile vederlo. Le armi, stessa cosa: le avvolsero nei teli protettivi e le nascosero in una fenditura della roccia, coprendole di ciottoli e di sabbia.

«Ora dobbiamo andare» disse Blanca. «I poliziotti saranno qui tra un'ora, forse meno...»

«Meglio che li aspettiate in cima.» Mentre si spazzolava i vestiti con le mani, Yasmina indicò con il mento verso l'alto, sulla loro destra. «Tra poco la marea sommergerà la spiaggia, ma l'acqua non arriva fin lassù, alla tomba.»

«Mi raccomando» aggiunse sottovoce Irina, «dovete dire che siamo ripartite col gommone, rotta a est.»

Loro annuivano, con l'inspiegabile paura di rimanere soli barricata in fondo agli occhi. Qualcuno, mentre si abbracciavano, si sforzò di trattenere qualche lacrima pigiata ai bordi delle congiuntive.

«Grazie e in bocca al lupo.»

«Anche a voi. Crepi.»

Aspettarono di vederle scomparire prima di risalire a passi lenti la collina, Miguel salterellando allegro avanti e indietro, Livio trascinandosi a fatica appoggiato a Marta e Sara, Élodie e Verena tenendosi per mano, e dietro, un po' staccati, Maryam e un uomo sulla cinquantina, calvo, con una cicatrice lungo un braccio, uno che non aveva ancora detto una parola da quando erano usciti dalla cella. Il primo ad arrivare in cima fu Miguel.

« Venite su a vedere, presto. »

Di colpo, si trovarono di fronte a una sessantina di giganteschi massi d'arenaria, alti fra i due e i tre metri, disposti a formare il profilo di una nave lunga come uno stadio. Un cartello annunciava che era il monumento funerario a un grande re vichingo, Åle, morto attorno al 600 d.C.

Per un po', rimasero a bocca aperta a guardare il sole che si arrampicava in cielo sulla verticale della pietra di poppa, le ombre dei megaliti ancora lunghe sul prato umido di rugiada, il mare pieno di riverberi attraverso l'infilata di blocchi di roccia, poi Livio si liberò dello zaino, si accasciò vicino al masso che faceva da prua, il più alto di tutti, e ci si appoggiò con le spalle. Era stremato. Respirava con affanno, aveva di nuovo il formicolio alle mani e la febbriciattola doveva essergli risalita. Marta gli si sedette accanto e gli accarezzò i capelli.

« Come ti senti? »

Stavolta Livio non riuscì a mentire. Lei non lo meritava, con lei era diverso. Fece oscillare a mezz'aria la mano aperta.

« Così così » le disse.

Allora Marta lo baciò delicatamente sull'angolo sinistro della bocca.

« Resisti un altro po', tra poco starai meglio. Ora rilassati. »

Sedici anni. Sedici anni senza che qualcuno si preoccupasse per la sua salute. Sedici anni che non provava sensazioni che desiderava condividere, che non aveva voglia di occuparsi di nessuno. Sedici anni che fuggiva dalla vita. Adesso, invece, c'era Marta, c'erano Miguel e Sara. Adesso, forse, la vita l'aveva rintracciato, anche se in quei sedici anni Livio aveva fatto l'impossibile per non farsi scovare. A poco a poco il suo respiro da animale stanco si acquietò, il cuore smise di tamburellargli nelle orecchie e si assopì con gli occhi chiusi al sole, con la mano di Marta nella sua. Purtroppo non durò per molto, quella pace.

« Ehi, lo sentite? »

La voce di Miguel gli arrivò soffusa, però bastò a fargli aprire gli occhi. Un elicottero. Lontano, ancora un punto nero in cielo, ma il vento da nordest già trasportava il martellio incalzante del motore, già lo vedevano volare torvamente in cerchio su di loro. Marta, chissà perché, si rimise dritta e si ravviò i capelli. Gli altri rimasero immobili sul prato, in mezzo ai megaliti, con le mani in alto, finché, pochi minuti dopo, li circondarono cinque o sei automezzi che avanzarono in silenzio, senza produrre il minimo rumore. Ne scese una ventina di invasati, di poliziotti con le tute bianche, i guanti asettici, gli stivali stagni, i caschi con la mascherina. Sembravano astronauti sbarcati su un pianeta popolato da una specie aliena.

« Mettetevi in ginocchio, le mani sulla testa » urlarono, in inglese e in arabo. Poi, all'improvviso, spararono due o tre colpi in aria.

«Tutti allineati qui davanti, presto, muoversi!» ordinò quello che sembrava il capo.

Sara fu spinta avanti a calci sulla schiena, Verena si beccò una manganellata, Livio venne afferrato brutalmente per un braccio e scaraventato insieme agli altri nella fila. Miguel gli si piazzò vicino. Era lì lì per piangere.

«Non preoccuparti, verrà un mio amico a prenderci. Dovranno liberarci e chiederci anche scusa...»

Ma era soprattutto contro Maryam che i poliziotti si accanivano: le dissero di togliersi quel fottuto velo, la riempirono di calci e di manganellate, la insultarono. Il tizio calvo, l'uomo che era accanto a lei, cercò di ripararla dalle bastonate, ma un manrovescio lo stese lungo a terra.

«Occhi bassi, bastardi! E chi ha un documento lo tenga sulla testa, bene in vista...»

«Non siamo clandestini. Abbiamo tutti dei parenti qui... La legge Danielsen...» cercò di dire Livio.

«Stai zitto, stronzo.»

Non gli bastava portarli in gattabuia. Volevano umiliarli. Sempre a spintoni e a calci, li caricarono sopra gli automezzi e si avviarono verso Kåseberga. Il vento, adesso, aveva ripulito il cielo, talmente azzurro da fare male agli occhi. La luce intensa inondava l'aria e si spargeva a passo di fanfara sui campi coltivati, riverberava sui tetti delle case pieni di pannelli, sul mare piatto alla loro destra, dove qui e là balenavano scintille che duravano meno di un respiro. Miguel e Sara se ne stavano a bocca aperta, con il naso appiccicato ai finestrini: loro non avevano mai visto una città calma e ordinata, la gente che passeggiava tranquilla in riva al mare, le auto silenziose, i grattacieli, l'acqua delle fontane sul corso principale, le case dai colori accesi senza una sbavatura nell'intonaco, i giardini così verdi e rigogliosi.

« Livio, è bellissimo » esclamò Miguel, e lui gli scompigliò i capelli sorridendo.

« Silenzio! » ordinò l'autista.

Gli automezzi si fermarono davanti a un fabbricato basso, pieno di vetrate. Li fecero smontare, trascinando senza troppi convenevoli anche Maryam che si lamentava per i lividi, e li ammucchiarono in una stanzetta spoglia, con le pareti di cemento grezzo e le sedie di comprex arancione. Aspettarono un'ora, forse due, poi dalla porta si affacciò una poliziotta che ordinò alle donne di seguirla, mentre Livio, Miguel e il tizio calvo con la cicatrice dovettero andar dietro a un ragazzino dalla carnagione scura come un siciliano che non aprì mai bocca. In fondo a un corridoio, li fecero spogliare con le maniere brusche, gli diedero sapone e asciugamani e li infilarono dentro una doccia calda. Sotto quel getto, mentre si liberavano dal lerciume e dalla polvere di mesi, mentre Miguel, emozionato al bordo delle lacrime, ballava, cantava, si agitava, Livio scoprì, toccando il proprio corpo nudo, quanto si fosse ridotto pelle e ossa. Asciugandosi, seduto su una panca, si portò le mani al volto, cercando il suo odore di sempre, quello che da mesi non riusciva più a sentire, ma ci trovò soltanto un alito di chiuso, di vecchiaia, appollaiato sulla pelle come un avvoltoio.

Quando tornarono, le donne erano già nella stanzetta,

con i capelli umidi e gli abiti puliti. Sul tavolo, c'erano tre bottiglie d'acqua e dei panini. Miguel corse da Sara ed Élodie per raccontare quanto si era divertito, invece Marta si alzò e si risedette accanto a Livio.

«Adesso va un po' meglio, no?» gli chiese, accarezzandogli la mano.

Lui annuì, stringendole la sua, e mentre lo faceva si rese conto che non era vero. Sì, d'accordo, si era sentito bene fino a poco prima, ma adesso gli sembrava di avere un'altra volta il cuore scatenato, provava ancora quell'oppressione al petto. Soltanto adesso li riconosceva: erano i colpi bassi della morte. Respirò a fondo, socchiudendo gli occhi.

«Vuoi che chiediamo aiuto?»

Livio scosse la testa. Non poteva mollare, non ancora. Rimasero così, allungati sulle sedie, tenendosi per mano, sentendo Maryam che si lamentava, mentre la luce del primo pomeriggio allagava le vetrate, e poi a poco a poco si faceva più radente, meno densa e crudele, finché un omone biondo in uniforme blu entrò nella stanzetta. Sulle spalline, i gradi da tenente o capitano.

«I documenti, forza» disse muovendo verso di sé le dita della mano.

Quando li ebbe raccolti, mugugnò una frase che gli s'impigliò fra i denti e se ne andò. Tornò mezz'ora dopo e cominciò a chiamarli nel suo ufficio. La prima fu Élodie. Cinque minuti, dieci, poi finalmente riapparve sulla porta con un sorriso che li rassicurò. Un interrogatorio blando, spiegò subito dopo, mentre Verena usciva: nome, cognome, luogo di provenienza, i dati del parente che deve garantire.

« Mi ha detto che anche loro provano a rintracciarlo, però la legge Danielsen prevede che, se non si presenta entro due giorni al massimo, ci rispediscono indietro e buonanotte. »

Ancora preoccupati, si rimisero pazienti ad aspettare, mentre Miguel, seduto con le mani infilate sotto le cosce, passava il tempo facendo dondolare le gambe avanti e indietro e Sara attraversava la stanzetta per domandare a Maryam come stava. Andava meglio, grazie. Quando tornò Verena, toccò proprio a Maryam, e poi al signore calvo con la cicatrice. Infine il capitano chiamò Livio.

Alzarsi in piedi, fece una gran fatica, però riuscì a non darlo a vedere. Allora invitò Marta tirandola con garbo per la mano e disse ai due ragazzi di seguirli. Il poliziotto biondo, fermo sulla soglia, agitò l'indice come un tergicristalli.

« Loro non li ho chiamati. Devi venire solo. »

« Questa è la mia famiglia » disse Livio. « O vengono con me o non mi muovo. »

Aveva tanta fermezza nello sguardo che anche il capitano dovette per un attimo sentire nelle ossa la sua disperazione, la sua stessa urgenza. Sbuffò, scosse la testa, ma poi gli fece cenno che d'accordo, andava bene.

Dopo, non ebbero altra scelta che aspettare. La luce si incupì, calò la sera. Nella penombra, steso sul pavimento con Marta fra le braccia, con i ragazzi accanto, Livio pensò ad Ahmed. E se non arrivava, se non faceva in tempo? Con un sussulto, scacciò decisamente quel pensiero, ma era già troppo tardi per arginare l'assalto dei ricordi. Gli facevano male, un male cane, perciò cercò di concentrarsi sul suo affanno, sulla morsa al petto. Fu inutile. Allora si costrinse a vedere e rivedere il viso di Miguel che gli saltava addosso e gli chiedeva di non lasciarlo più. Ancora peggio. Così passò le ore ad ascoltare gli altri che dormivano, la notte che avanzava, gli scricchiolii del corpo, a scandagliare le crepe che incrinavano il buio attorno a loro. Alle sei e mezzo, la porta della stanza si riaprì ed entrò un poliziotto con la colazione. L'appoggiò di malagrazia sopra il tavolo e fece per uscire. Poi si fermò, con la mano già stretta sul pomello.

«Maryam Khalil, tra un paio d'ore arriva tuo fratello» disse senza voltarsi.

E uno. A Maryam, le si allargò il sorriso sulla faccia; agli altri, lì per lì, un po' meno, ma quando se ne andò si scambiarono abbracci, baci e promesse di non perdersi di vista. Soltanto allora cominciò davvero lo sgocciolio del tempo: meno trentadue ore, trenta, ventisette... Stavano pranzando, quando chiamarono Verena. E due.

«Grazie di tutto» le disse Livio mentre la salutava. «E in bocca al lupo.»

Verso le quattro, fu il turno del signore calvo. E tre. Invece la sorella di Élodie si fece viva che era quasi buio. Appiccicati alle vetrate, la videro smontare da un'auto diplomatica e ritagliarsi, bella ed elegante, sugli ultimi barlumi del tramonto.

«È vero... Ora che mi ricordo, l'ultima volta me l'aveva detto, che stava tentando di intortare un console cileno» spiegò Élodie, contenta, ma con una sfumatura di disprezzo nella voce.

Un'ora dopo, dalle stesse vetrate, la videro agitare avanti e indietro il braccio per salutarli dal sedile posteriore. Sembrava triste, alla luce smagata dei lampioni. Ora, però, restavano soltanto loro quattro. E mancavano appena poche ore. Livio si lasciò andare su una sedia e sospirò, mentre il cervello ricominciava a fare il suo lavoro, a immaginare quello che li aspettava. Serviva a questo, in fondo. Solo che ogni futuro che in quel momento riusciva a elaborare si rivelava avvolto da colori cupi. Ahmed non avrebbe fatto in tempo, oppure non sarebbe mai venuto. Inutile sperare che comparisse avvolto in un'aureola. Magari non aveva ricevuto il suo messaggio, magari era in prigione, magari si era trasferito in Canada. Magari era anche morto, chi poteva dirlo? Gli girava così, niente da fare.

«Verrà, verrà... Tranquillo» lo rassicurò Marta, leggendogli i pensieri in fondo agli occhi.

Lui abbozzò un sorriso, ma intanto si era già portato avanti, già precedeva il tempo e immaginava quando li avrebbero sbarcati giù a Lubecca, o forse anche più a sud, tra le migliaia di altri disperati che si aggiravano per quella minacciosa terra di nessuno come fantasmi in cerca della pace eterna. Che cosa avrebbe fatto, allora? Come avrebbe protetto Miguel, Marta e Sara? Ma basta, basta. Tutta quell'ansia non gli faceva bene. Doveva avere fede, credere in Ahmed. Ma certo, che arrivava; magari giusto in tempo, ma arrivava.

Poi il buio. La stanchezza. Il sonno. Ma si svegliava

ogni due per tre per ingoiare avidamente l'aria, perché le braccia gli si addormentavano, perché c'erano ombre che lo perseguitavano anche nei corridoi più bui della memoria, perché ebbe paura di non svegliarsi più. Si strinse a Marta, sconcertato, inerme, e lei, quasi dormendo, gli accarezzò i capelli.

«Va tutto bene» disse. «Adesso dormi, non ti preoccupare.»

Di nuovo la stanchezza. Il buio. Il sonno. Una piccola fitta in mezzo al petto. Si rigirò su un fianco e continuò a dormire. Quando aprì gli occhi, vide Miguel e Marta e gli scappò un sorriso. Fuori, era l'alba. Si alzò e guardò dalla finestra le macchine ferme sul piazzale, un poliziotto che finiva il turno, l'insegna di un negozio che sfarfallava nella luce tersa, i colori del mare, del cielo, delle case, da cartolina antica, colorata a mano. Mancavano sei ore. Le peggiori. Le affrontò a passo da via crucis, ogni mezz'ora come una stazione, ogni stazione come una staffilata, come un precoce annuncio di sconfitta.

«Che palle, in questa stanza... Ma quando ce ne andiamo?» sbuffò piano Miguel.

«Presto» gli disse Sara, mettendogli una mano sui capelli.

Da un certo punto in poi, non seppero nemmeno se fosse meglio che si spalancasse, quella maledetta porta, o che restasse chiusa: era ormai l'ora incerta in cui potevano affacciarsi sia Ahmed per liberarli sia un poliziotto per rimandarli indietro. Perciò, quando successe, più o meno verso l'una, restarono di sasso, trattennero il respiro.

Soffusa nella luce che irrompeva a fiotti dalle grandi vetrate, Livio vide la testa del capitano biondo. Basta, finita. Gli caddero le braccia. Quello era il capolinea di tutte le speranze. Però, un momento: seminascosto dietro il poliziotto, qualcuno si faceva largo, si alzava sulle punte, spingeva per sbirciare nella stanza. Ahmed. Livio gli corse incontro, ma quando lo raggiunse e lo abbracciò già aveva il fiato corto, le gambe molli, le labbra che tremavano, il petto che si alzava e si abbassava per l'affanno. Non riuscì a dirgli niente, perché la lingua non gli rispondeva. E quando si scostò qualche centimetro per guardarlo in faccia, dietro i suoi lineamenti maltrattati vide Leila. Allora lo atterrì una stilettata al petto che lo lasciò per qualche istante al buio, e dovette accasciarsi su una sedia per non cadere a terra. Il cuore, adesso, sembrava un elefante imbizzarrito. Senza badare a chiedergli il permesso, nel suo cervello milioni di neuroni ricomposero l'immagine di Leila e di Matías nel salottino della casa a Redwood, di lui che li abbracciava. Provò a rialzarsi, ma ripiombò pesantemente sulla sedia. Un'altra fitta, peggio della prima. Con gli occhi chiusi, ansante, immaginò il suo cuore come un pezzo di carne rosso scuro che fibrillava con battiti impazziti. E riprovò quel brivido.

Aveva sempre pensato alla sua morte come a uno spazzino che avrebbe liberato il mondo da qualcuno che non serviva più, che ormai era inutile. Nei mesi precedenti l'aveva anche invocata, desiderata, attesa. Ora non più. Ora sapeva che anche con un grande dolore sulle spalle si può, si deve, continuare a vivere. Ma l'aveva imparato troppo tardi, perché la morte arriva alla sua ora, quando è il suo momento, non quando piacerebbe a noi. Lui aveva smesso di aspettarla al varco, e adesso lei gli presentava il conto.

Come da in fondo a un lago, sentì Marta che urlava «Ma qui non c'è un dottore?», sentì uno scalpiccio di passi, le voci intorno a lui, Ahmed che lo chiamava.

«Devi badare a loro» riuscì a farfugliare.

Forse pensò che almeno li aveva messi in salvo. Forse stava pensando che era quasi pronto, quando l'ultima onda del tempo lo sfiorò. Poi lo sommerse.

Avvertenza

Gli scenari di questo libro riprendono (e anzi, spesso ricalcano alla lettera) quelli delineati da Gwynne Dyer nel saggio *Le guerre del clima* (Marco Tropea Editore), ma li ho attentamente confrontati con i rapporti dell'Ipcc (Intergovernmental Panel on Climate Change) e dell'European Environment Agency, i quali, però, secondo numerosi scienziati del clima, peccano sistematicamente per difetto. Ho tenuto perciò conto del parere di molti studiosi citati sia nel romanzo (come James Hansen e Dennis Bushnell della NASA, oppure lo Oxford Earth Science Department) sia nei libri elencati più sotto, i quali prevedono, nel caso che non vengano prese misure adeguate, un rialzo della temperatura media del pianeta di sei gradi e un innalzamento del livello dei mari di circa dodici metri per il 2100. Per avere un'impressione visiva degli effetti dell'innalzamento dei mari, si può consultare il sito internet http://flood.firetree.net.

Di grandissima utilità sono stati anche i libri di James R. Flynn, *Senza alibi*, e di David Keith, *L'alternativa razionale*, (entrambi editi in Italia da Bollati Boringhieri), quello di Bill Streever, *Calore* (Edt), nonché *2050*, di Laurence C. Smith (Einaudi), e lo stimolante saggio di Martín Caparrós, *Non è un cambio di stagione* (VerdeNero). Da quest'ultimo, con il consenso dell'autore, ho tratto anche molte criptocitazioni, così come ho palesemente saccheggiato alcuni romanzi di James G. Ballard, di Cormac McCarthy, di Carlo Lucarelli, di Arturo Pérez-Reverte e di qualche altro autore. Ho attinto anche da *Al di là del mare*, di Wolfgang Bauer (La Nuova Frontiera). Diceva Roland Barthes che « uno scrittore è una persona che incatena citazioni togliendo le virgolette ». È il mio caso, anche se non so se sono davvero uno scrittore come lo intendeva Barthes.

Devo, tra molte altre cose, a Pietro Greco e al suo *La scienza e l'Europa* (L'Asino d'Oro) le notizie su Alessandria d'Egitto e una discussione sulla possibilità di « tornare indietro ». Gli accenni alle neuroscienze che sono riuscito a infilare nel romanzo li devo, invece, a moltissimi libri, ma soprattutto a *Leer la mente*, di Jorge Volpi (Alfaguara), *L'istinto di narrare*, di John Gottschall (Bollati Boringhieri), *Il mistero della percezione del tempo*, di Claudia Hammond (Einaudi), *Coscienza e cervello*, di Stanislas Dehaene (Cortina editore), nonché a *Qualcosa, là fuori* (Codice Edizioni), di Enrico Bellone, al quale, a mo' di omaggio postumo, ho rubato anche il titolo di questo romanzo.

Grazie a Vittorio che mi ha fornito l'hardware. Grazie, infine, ai miei « grandi lettori »: Fabio, Marco, Paolo, Pietro, Yasmina. E a Iaia, naturalmente. Non c'è bisogno di spiegare il perché.

BRUNO ARPAIA
L'ENERGIA DEL VUOTO

È notte, su una stradina di montagna in Svizzera. Su un'auto in corsa verso Marsiglia ci sono Pietro Leone, funzionario dell'Onu a Ginevra e il figlio Nico. I due sono in fuga, anche se nemmeno Pietro sa da cosa sta fuggendo. La sola certezza è che da giorni qualcuno tiene sotto controllo i suoi movimenti e che la moglie Emilia Viñas, spagnola, ricercatrice al Cern, la sera precedente non è tornata a casa. La donna è la responsabile di uno degli esperimenti con il più potente acceleratore di particelle mai costruito al mondo. Emilia ama il suo lavoro, per il quale spesso sacrifica la famiglia e soprattutto il rapporto con Pietro. Del resto, quella della fisica, da Einstein alla teoria delle stringhe, è un'avventura troppo affascinante, un universo che a molti appare misterioso e incomprensibile, ma che in queste pagine si rivela intessuto degli interrogativi sul futuro e sulla vita che agitano tutti noi... Ma da chi stanno scappando Pietro e Nico? E dov'è finita Emilia?

GUANDA

Fotocomposizione Editype S.r.l.
Agrate Brianza (MB)

Finito di stampare
nel mese di aprile 2016
per conto della Ugo Guanda S.r.l.
da Grafica Veneta S.p.A. di Trebaseleghe (PD)
Printed in Italy